Une Instit pas ordinaire

Clod'Aria

Une Instit pas ordinaire

LA GESTE

Clod'Aria est née à Paris en 1916. Elle vit en Vendée. Elle a publié une trentaine de recueils de poésie et quelques ouvrages en prose (Le Dé bleu, Écho optique, Soc et Foc). Elle participe à de nombreuses anthologies chez Gallimard, Hachette, Éditions ouvrières... Elle est traduite en Allemagne, en Italie et en Chine.

À la mémoire de ma grand-mère et de mes tantes

« Un style, c'est une émotion d'abord, avant tout,
par-dessus tout. »
Céline.

PRÉFACE

Clod'Aria m'a reçu dans sa maison, qui fut celle de sa grand-mère paternelle. Maison construite sur une terrasse, à la lisière du Bocage, au-dessus de la plaine de Fontenay et de la rivière Vendée. La vue s'échappe, loin.

Cette grand-mère, à laquelle Clod'Aria dédie son livre, était la fille d'un bûcheron de la forêt de Mervent toute proche. Elle se maria avec un maçon de la Creuse. Le grand-père maternel, lui, venait du Piémont et ramonait les cheminées. Le père mourut des suites de la guerre de 14. Et la petite fut laissée à sa grand-mère paternelle par une mère peu attentive. Racines éclatées, et en même temps un attachement à cette maison, à ce coin de Vendée. Mais surtout, cette blessure de l'enfant délaissée que le dévouement de la grand-mère et des tantes n'aura jamais guérie.

De là viendrait la propension à rater sa vie, L'art de rater, qui fut le premier titre des souvenirs de jeunesse de Clod'Aria, publiés chez Littéra. À Geste Éditions, nous avons voulu en savoir plus, que d'autres chapitres entraînent le lecteur dans ce roman de vie, d'amours. Ce verbe, cet appétit, s'ils ne ferment pas les blessures, s'ils n'enlèvent pas les regrets, sont un art de vivre et d'écrire, peut-être un « art de réussir ».

On imagine la petite régente laïque, en pantalon sur sa moto, dérangeant la procession d'une paroisse du Bocage... Depuis longtemps, en Vendée plus qu'ailleurs, l'École « publique » ou « privée », « laïque » ou « libre », est un enjeu politique. Un enjeu de pouvoir où la religion, la liberté, et même les « valeurs républicaines », servent d'alibis. Dans beaucoup de communes du Bocage, l'École laïque, son régent, sa régente, même avec quelques élèves, enfants de fonctionnaires ou de l'Assistance publique, étaient quasiment chargés de maintenir, coûte que coûte, la présence de la République. Les notables locaux, curé en tête, entretenaient sournoisement l'animosité d'une partie de la population contre parfois de tendres jeunes filles juste sorties de l'École normale. Passe encore que les garçons fréquentent une école laïque (beaucoup d'écoles privées de garçons ne seront installées que dans les années 1950), mais les filles ne sauraient être confiées qu'à des « chères sœurs ». Et pourtant (le contexte y obligeait), nos régentes laïques exer-

çaient sur elles et leurs élèves la même rigueur morale que les religieuses. Au reste, Monsieur l'Inspecteur veillait.

Donc, on voit d'ici le tableau. Une fille de vingt ans, qui n'est pas passée par le moule de l'École normale, débarque dans un bourg du Bocage. Ma régente monte à moto, plante son chevalet en pleins champs, aime visiblement davantage me faire dessiner que me faire la dictée. La régente, savez-vous pas, file quelquefois à la ville de Nantes peindre des nus. Untel, artisan marié, la « bise » certains soirs dans la maison de l'école. Quelqu'un les a vus rouler de front à vélo dans la campagne... On est en 1939. Mutée dans une commune du littoral, la jeune institutrice respire un peu. Elle en profite pour franchir la frontière, fréquenter celles du camp d'en face, les « chères sœurs ».

Cette « instit pas ordinaire » n'avait pas vraiment la vocation. Elle aurait voulu être professeur de dessin, d'arts plastiques comme on dit aujourd'hui. Sans cesser de cultiver la peinture, et même la musique (Clod'Aria !), elle sera surtout poétesse. Une quarantaine de recueils et de plaquettes. Et la voilà aujourd'hui pour une prose en liberté, peu soucieuse de la syntaxe scolaire.

Clod'Aria, savez-vous pas, est une aventurière. Avec l'appétit de tout. Partie à vélo (elle, elle dit « en vélo », comme tout le monde !) pour gravir les cols des Pyrénées, s'émerveiller des montagnes, elle regrette déjà le petit bois de ses amours clandestines. Cet appétit de paysages nouveaux, de couleurs, d'amours, de mots, cet appétit de vie ne saurait jamais être satisfait. Et je sais que Clod'Aria n'est pas la grand-mère apaisée, vaguement nostalgique, la grand-mère cliché littéraire, quand elle s'accoude sur la balustrade de son jardin en belvédère. La poésie ne laisse pas tranquille.

CHAPITRE 1

« La route de l'Orbrie ? La route de l'Orbrie ? S'il vous plaît ! » J'étais perdue... Je ne reconnaissais pas ce village. Et pourtant, j'y avais vécu plus de vingt années. C'était pas si vieux ! je m'en souvenais et je me perdais... Je tournais en rond dans les rues en demandant à tout le monde « la route de l'Orbrie ». Les gens riaient de ma question et ne me répondaient pas parce qu'ils se rappelaient de moi... Mais ma mémoire ne remettait ni le visage des habitants, ni celui des maisons, ni la forme du clocher.

« Oh ! moi, je vous ai bien reconnue ! » m'affirme cette jeune fille au corsage rebondi : « j'ai été votre voisine ! » Je la regarde : comme elle est triste ! Il faut faire quelque chose pour elle. « Qu'est ce qui ne va pas ? » lui dis-je. Mais au lieu de me répondre, elle éclate en sanglots, crie, se jette par terre et arrache ses vêtements. « Retire-moi ça ! Retire-moi ça ! » hurle-t-elle à sa mère. Elle est toute nue. Alors je comprends : elle est enceinte et sa mère, pour dissimuler son gros ventre, l'a comprimé dans un corset de fer… Je ne pouvais rien pour elle.

J'enfilais sans fin des ruelles bordées de hautes bâtisses chaudement colorées. Et pourtant, on était en Vendée. Je savais ! mais cela servait à quoi ? Soudain je me retrouve à la hauteur des toits. Je flotte. Sans savoir comment je suis grimpée jusqu'ici. On va me pourchasser ! Il me faut vite redescendre ! J'ai sûrement pas le droit de me balader dans le ciel ! Je me laisse glisser le long d'une gouttière comme un cambrioleur, étonnée de ma souplesse, de mon habileté. En passant devant des impostes, je remarque l'intérieur d'un bâtiment austère et cossu : un couvent ! Y avait pas de couvent de mon temps ? Par terre, là où je dois atterrir, un chien-loup me guette. Tant pis ! Je le flatterai ! Il se laisse en effet caresser, puis gambade autour de moi, comme si j'étais sa maîtresse. Il manifeste si bruyamment sa joie qu'il effraie les chevaux en pâture dans le communal. Vingt canassons se mettent à galoper frénétiquement autour de nous… Alors, tous les habitants sortent de leurs maisons en m'injuriant : « Vous pouviez pas faire attention ? Fallait pas traverser là, c'est défendu ! – Mais je ne savais pas ! Je ne pouvais pas deviner ! – Comment ? vous ne saviez pas et vous avez habité ici pendant vingt ans ! » Et ils se rapprochent de moi en brandissant une haie de faux...

Là, je me suis réveillée...

C'est comme ça toutes les nuits. Je rêve. Je me débats. Je suis perdue. Je ne reconnais ni les lieux ni les gens, je cherche mon chemin, à pied, en vélo, dans les gares... Je cherche avec acharnement. Je veux absolument me retrouver ! Je sais que je suis près du but, mais je n'y parviens jamais. Et personne ne veut m'aider. Au contraire, on m'égare volontairement, avec un malin plaisir, on se moque de moi, on me poursuit, on me menace, ou bien on m'ignore... Et sur ma route j'assiste à des spectacles curieux ou effrayants. Je vois souffrir des gens, des bêtes et je suis impuissante à les soulager. Et je souffre le martyre, avec eux...

Dans les gares, je cours après le train. Où est-il ? Sur quelle voie ? Je passe d'un quai à l'autre. Je monte dans des wagons qui ne sont jamais les bons, je vois avec angoisse l'heure qui tourne... Les employés n'ont pas le temps de me délivrer un billet : ils bavardent, ne m'entendent pas, ou font semblant... Le train démarre sans moi... Ou encore, à la dernière minute, je ne retrouve plus mes bagages, ou ma fille qui m'attendait et a disparu… Où est-elle ? Peut-être dans le train… Parfois les gares sont vides. Y a personne, ni employés ni trains… Que des rails. Des kilomètres de rails. Le train est encore parti : je me suis trompée d'heure, de jour. Et je reste là, désappointée. Comment est-ce que je vais rentrer chez moi ? Un jour que j'étais plus optimiste, savez-vous ce que j'ai fait ? Je suis partie à pied le long de la voie… Quelquefois, tout de même, le train est là et j'arrive à monter. Oh ! pas sans mal ! Mais une fois dans le train, il n'y a plus de place. Ou alors une très mauvaise, dans le wagon de queue… Et je ne sais plus où je dois descendre ! Les gens me disent : « C'est là ! » et je descends en catastrophe. Et c'était pas là…

D'autres fois, je suis dans ma maison, une maison qui ne ressemble pas à la vraie. Toujours très vieille, très vaste, très compliquée et vide… Aucun meuble ou presque… Ou bien je la vois de l'extérieur et je remarque soudain une crevasse qui se forme dans un mur. Plus je la regarde, plus la fissure s'agrandit. Cette fois, ça y est, c'est sûr, le mur va s'écrouler. J'appelle pour qu'on vienne colmater le trou, c'est pas moi qui peux le faire ! Mais les gens bavardent tranquillement. Ils ne m'écoutent pas. Ils pensent que la maison est solide, qu'elle durera bien autant que nous, que c'est moi qui exagère comme toujours, que je suis un peu folle... Et tout d'un coup : patatras ! Je vois distinctement le pan de mur s'abattre. Ou le toit s'effondrer... C'est moi qui avais vu clair, mais jamais personne ne veut m'écouter. J'ai beau affirmer, démontrer, prouver, me tordre les mains, supplier, jamais on ne me croit...

Heureusement, j'ai toujours le temps de reculer... Et je reste là impuissante, à contempler les ruines, tout en maudissant les autres : car ce sera encore à moi de réparer les dégâts...

C'est pas une vie de rêver comme ça. De continuer la nuit les cauchemars de la journée. Quand se repose-t-on alors ? Quand on est mort ? Et si l'on ne meurt pas tout entier ? Et si l'on ne meurt jamais comme ma Grand-Mère ?

Parce que ma Grand-Mère, c'est elle qui m'a élevée.

CHAPITRE 2

Ma Grand-Mère était une pure Vendéenne. Bien naïve, bien généreuse, bien têtue et surtout bien bigote...

Tous les dimanches, et même tous les matins, tant que ses jambes variqueuses l'ont portée, elle allait à la messe prier pour ses pauvres morts et ses vivants féroces. Tous les soirs, elle me faisait réciter mes prières devant l'autel qu'elle avait installé sur un coin de cheminée: quelques statuettes de la Vierge et des saints avec, bien en évidence, un Sacré-Cœur de Jésus peint sur métal, et qu'elle embrassait tous les jours.

Une fois, j'ai bien cru voir un caillot de sang sur le Cœur de Jésus... Le mien de cœur se mit à battre la chamade... Mais si j'étais émotive, j'avais déjà pas mal de scepticisme en moi. Était-ce du sang ou de la rouille? Je me posai la question sans oser trancher moi-même. Julie n'hésita pas: c'était de la rouille... La salive de Mémé avait fait son œuvre...

Bien sûr, j'accompagnais Mémé tous les dimanches à la grand-messe et aux vêpres. On était toujours les premières arrivées et les dernières sorties... C'était interminable ! J'avais beau les admirer sur toutes les coutures, les coiffes des bonnes femmes assises devant nous, j'avais encore le temps de bâiller. Je m'ennuyais, je m'agitais... À la fin, je n'en pouvais plus. La patience, elle était montée au ciel avec le bon Dieu. Je tirais sur la manche de Grand-Mère : « Tu viens ? ... On s'en va ? ... C'est fini ? ... ». Mais Mémé, elle en avait encore des bobines de patience, et de grâces à demander à l'Éternel : le salut pour l'âme de son défunt mari qu'était mécréant, pour celle de son fils qu'était mort à la guerre, pour celle de ses parents, de ses amis, de ses ennemis... Elle oubliait personne. Et enfin le pardon pour les fautes abominables de ses filles impies (comme leur père) qui dépeçaient le curé à chaque occasion, et qui, tous les dimanches au retour de l'office, couvraient la pauvre Grand-Mère d'une bordée d'injures, parce qu'elle avait perdu son temps à prier pour elles...

Ça n'empêchait pas Mémé de récidiver toutes les semaines. C'était pas une Vendéenne pour rien. Et moi, j'avais plus qu'à contempler le Chemin de Croix qui passait au-dessus de ma tête. C'était pas gai, ce malheureux qui trébuchait sous sa charge. Si encore j'avais pu l'aider ! Et ces soldats qui levaient un fouet au-dessus de lui en criant : « Vas-tu avancer, fainéant ! » J'imaginais très bien la scène, et je reconnaissais même les voix de Mariette et de Julie... Ma Grand-Mère m'expliquait que ce pauvre homme, c'était le bon Dieu... Pourquoi, alors, qu'il se laissait traiter de la sorte ? Puisqu'il pouvait tout ? Il n'avait qu'à les massacrer, les méchants ! Mais Mémé disait que non, qu'il fallait pas, qu'au contraire, les méchants, il fallait les aimer encore plus. Seulement, elle ne disait pas pourquoi. Elle savait pas s'expliquer... Alors j'avais du mal à la croire. Elle me prévenait aussi : « Si le bon Dieu te fait souffrir, c'est parce qu'il t'aime ! ». Des bons dieux comme ça, qu'est-ce que j'en ai trouvé dans l'existence ! Ou bien : « Aide-toi, le ciel t'aidera ! » Cette petite phrase avait le don de m'horripiler. « Ben alors, que je rétorquais, ça sera plus la peine ! » Et j'en déduisais tout bas que Mariette et Julie, elles n'avaient peut-être pas tout à fait tort...

Faut dire que Grand-Mère avait failli se réfugier au couvent après la mort de son mari. Mes tantes ne lui avaient jamais pardonné. Comme si elle en avait pas le droit, la Grand-Mère ! Mais non ! Fallait pas croire qu'elle les abandonnerait comme ça, ses filles ! Elles avaient besoin de leur mère pour les nourrir jusqu'à la fin des temps. Le couvent, c'était trop beau pour toi, Grand-Mère ! C'était pas ce sacrifice-là que le bon Dieu t'avait réservé. Il avait mieux pour ton salut. Plus efficace ! Un bon calvaire bien épineux avec du vinaigre, des gros mots en forme de crachats, et des sarcasmes en coups de fouet, jusqu'à la veille de ta mort. Car jusqu'à la veille de son trépas qu'on l'accusait, la pauvre vieille, de faire exprès de mourir ! À quatre-vingt-treize ans... Mariette, elle n'avait pas une demi-once de charité chrétienne envers sa mère. Elle n'avait que de la bêtise à pleins tonneaux. Mais on doit pardonner à la bêtise : c'est pas elle qui s'est faite...

Entre la foi sans faille de Mémé et l'incrédulité narquoise de mes tantes, ma croyance à moi, elle se balançait comme une araignée au bout de son fil. Elle oscillait suivant le vent : un jour du côté de Grand-Mère, un jour du côté de mes tantes. J'étais sur une balançoire. Et j'ai continué à balancer... Parce qu'en un certain sens, c'est pratique de croire : ça remonte le moral. On se dit : Dieu m'aime puisqu'il m'éprouve ! Avec une idée de cette puissance, Grand-Mère, elle arrivait à être heureuse même quand elle aurait pas dû. Par exemple, où elle était mécontente, c'est quand moi, sa petite fille, j'avais l'air d'en douter, de sa religion. Ce sont même les seules fois où je l'ai vue vraiment fâchée. Pauvre Mémé ! Elle avait tellement envie de la sauver mon âme ! Le corps pour elle, c'était rien. Fallait le dompter. C'était une guenille. C'est elle qui me l'a donnée aussi cette idée gratuite. Je l'ai gardée précieusement toute ma vie ! Même quand j'aurais voulu m'en débarrasser !

J'ai vraiment beaucoup aimé ma Grand-Mère. Sans bien m'en rendre compte, qu'après... Les gens avec lesquels on vit continuellement, on ne s'aperçoit plus qu'on les aime. Pour le sentir intensément, il faut une séparation. La promiscuité quotidienne agit comme un somnifère : elle endort les sentiments et nous donne une attitude indifférente vis-à-vis des êtres qui nous sont les plus chers. Il m'arrivait en contemplant cette pauvre masse informe enroulée sur elle-même au coin de son feu, en regardant ce visage aussi tanné et recroquevillé que la bûche qui brûlait dans la cheminée, il m'arrivait de sonder mon cœur et de penser avec angoisse que je n'éprouverais aucun chagrin lorsqu'elle disparaîtrait. L'esprit fausse tout : c'est moi qui ai eu le plus de peine.

Oui, je n'ai pas toujours été pour Grand-Mère ce que j'aurais dû : d'abord à cause de Julie qui accaparait toutes mes caresses, puis à cause aussi du souvenir de ma mère qui grondait en moi à la manière du feu dans un volcan en activité. Parfois, je lui laissais entendre à ma Mémé que j'aimerais bien retourner à Paris chez ma mère. Cette perspective la tracassait : elle avait toujours peur que je m'échappe. Comme si ma mère ne m'aurait pas réexpédiée en vitesse ! « Et le bon air, qu'elle m'aurait dit, tu vas périr sans le bon air ! »

Où j'ai vraiment failli à ma bonne vieille, c'est quand elle est morte. Elle pouvait plus parler. Alors elle m'a fourré son chapelet dans les mains d'un air de dire : « Prie pour mon salut ! » Mais moi, je ne pouvais pas. Parce que j'avais la gorge serrée : j'aurais pas pu sans éclater en sanglots. Et je ne voulais pas pleurer devant elle : je savais qu'elle avait si peur de mourir. Ç'aurait eu l'air d'insinuer : tu es perdue ! Je ne pouvais pas ! Et pourtant, comme j'aurais voulu ! ... Alors, quand elle a vu que je ne l'égrenais pas, le chapelet, la colère l'a empoignée, et elle qui n'avait plus la force de parler, elle s'est redressée brusquement sur son grabat pour me foudroyer du regard. Elle pensait que je refusais de prier pour elle...

Non ! Ce que ça m'a fait mal...

Et puis, elle est entrée dans le coma. J'ai jamais pu lui expliquer que ce n'était pas ce qu'elle avait cru...

Plus tard, on s'est réconciliées. Parce que je n'aurais jamais pu continuer à vivre en pensant que ma Grand-Mère m'avait maudite sur son lit de mort.

Son dernier soupir exhalé, j'eus soudain la sensation étrange que Mémé n'était pas morte. Qu'elle continuait à vivre quelque part. Que son esprit était toujours vivant. Et c'était vrai, puisqu'il était en moi. Il habite en moi. Je lui ai fait une petite place, comme j'en ai fait une dans la maison à tous les portraits que j'avais peints de ma bonne vieille. Et sa tête, elle est encadrée partout sur les murs de sa maison. Je l'avais si souvent dessinée quand j'étais jeune, à l'époque où je songeais au Prix de Rome... Chaque fois que j'arrivais en vacances, elle me proposait: « Tu fais mon portrait? » Elle voulait toujours poser, Grand-Mère! Non qu'elle fût vaniteuse, mais elle était fière d'avoir une petite fille qui sache manier le crayon. C'était la première fois qu'un tel événement se produisait dans la famille, qu'était pas du tout une famille d'artistes. Et elle pensait, non sans raison, que tous ces portraits lui survivraient. Qu'ils perpétueraient sa mémoire. Qu'on l'oublierait pas tout à fait. Qu'elle resterait parmi nous...

Elle est restée en effet. Souvent, je lui parle et elle me sourit. Parce que je l'avais faite souriante... Jamais je n'ai retrouvé par la suite de modèle aussi complaisant, qui s'endormait plutôt que de bouger. Quand sa tête, malgré tous ses efforts, piquait en avant, elle la redressait bien vite comme une coupable. Je faisais semblant de n'avoir rien vu et je rallumais dare-dare la conversation. Elle avait un visage si rayonnant, Grand-Mère...

Par exemple, quand je vais sur sa tombe, je ne peux absolument pas me la représenter. Sans doute parce que ce n'est pas là qu'elle veut que je la cherche. Le corps, c'est rien : c'est elle qui me le disait. Il est redevenu poussière. Alors je me dépêche de partir. Et sur la route, elle me rattrape...

CHAPITRE 3

Donc, dans la maison de Grand-Mère, nous étions quatre et non pas deux. Ç'aurait été trop beau ! Quatre femmes : la vieille mère, les deux filles qu'étaient restées à la charge de leur mère parce qu'elles étaient « immariables », et moi, la fille du fils qu'aurait pas dû se marier. Ni faire d'enfants. Ni mourir à la guerre. On ne fait pas ce qu'on veut. Il pouvait pas savoir, le pauvre Pierre, que son épouse allait se débarrasser de l'enfant. Peut-être qu'il aurait été content quand même, puisque Berthe, c'est chez sa mère à lui qu'elle m'a conduite. Un dimanche, jour de fête. Pour la journée. Le soir, elle a tout bonnement oublié de venir me reprendre. Ça arrive à tout le monde d'oublier... Et la bonne Grand-Mère, de cette façon, elle a eu tout le temps de s'habituer à moi. Ses filles aussi. Et de voir à quel point je lui ressemblais au défunt Pierre...

Au bout de huit jours, Berthe a écrit – c'était plus facile à écrire qu'à dire – que si par hasard on voulait me garder, elle n'y verrait aucun inconvénient. Au contraire...

Grand-mère, elle a pas hésité.

Berthe avait bien calculé son coup.

C'est ainsi que j'ai été élevée par ma Grand-Mère et mes tantes. À la campagne : tantôt la Vendée, tantôt la banlieue parisienne, je vous expliquerai pourquoi. Ma mère, elle, habitait Paris. Plus tard, quand j'ai eu l'âge de poser des questions embarrassantes, elle répliquait pour se donner une contenance : « De quoi te plains-tu ? Tu es au bon air ! Y en a beaucoup qu'en voudrait, du bon air ! » Mais elle, elle en voulait pas. Ma sœur, non plus. Quand elle venait en vacances, ce qu'elle s'ennuyait ! Sa mère lui manquait à ce pauvre bout de chou. Et à moi donc ? On n'y pensait pas !

Je devais l'avoir prise l'habitude du vide. Et celle des vieux costumes. Quand Berthe m'envoyait des vêtements, c'étaient toujours les plus minables. « C'est bien bon pour la campagne ! » qu'elle déclarait. Alors, comme par-dessus le marché mes tantes n'avaient aucun goût, ça l'arrangeait ma beauté ! Avec ça que le bon Dieu m'avait semé du millet sur la figure[1]. À quoi avait-il pensé ce jour-là ? Une distraction de grand homme... Si seulement j'avais pas ces

1. Acné miliaire.

boutons, que je me désolais devant la glace, ou ces yeux de veau, comme disait le garçon boucher qui livrait la viande à la maison. Il savait ce que c'était, lui, des yeux de veau...

Ensuite, je suis devenue toute boursouflée de graisse. Ronde comme un cochonnet. Le docteur qui soignait mes éternelles bronchites et me faisait humer le parfum à la violette de ses cheveux gominés, me considérait d'un air méprisant: « Si elle continue à gonfler comme ça, qu'est-ce qu'elle va devenir? À dix-huit ans, elle sera repoussante! » L'idée ne lui venait même pas de soigner mon obésité. Son esprit était aussi empesé que ses cheveux. Me dire ces paroles, à moi qui souffrais tant d'être grosse, et qui avais si peur d'y rester...

J'avais deux ans quand Berthe m'a « oubliée » chez sa belle-mère. Lorsque je me suis retrouvée dans cette ambiance inaccoutumée, après des heures et des jours d'attente, de larmes et de hurlements inutiles, je me suis mise à considérer ma nouvelle situation: Berthe m'avait chassée de son paradis...

Quinze jours plus tard, elle vint prendre de mes nouvelles. Ô miracle! elle venait me chercher! Ivre de bonheur, je me jetai dans ses bras. Elle allait m'emmener! Et ce fut un nouveau déchirement, plus cruel encore que le premier.

Plusieurs fois, elle me fit subir ce supplice, inconsciente et sadique... « Quand tu étais petite, tu étais très dure ! » m'a-t-elle dit l'autre jour. « Chaque fois que j'allais te voir, tu te pendais après moi, tu ne voulais pas me laisser partir ! Tu jetais de ces cris ! »

Quelle douleur inconvenante ! Depuis quand était-ce aux enfants de commander ?

À travers mon désespoir, je regardais les visages rébarbatifs de mes tantes. Celui de ma mère était harmonieux comme une sonate... J'entendais les voix bourrues de mes tantes : celle de ma mère était douce comme une berceuse... Alors je les ai trouvées si barbares, ces pauvres faces angoissées, que j'ai fermé les yeux : je refusais de vivre avec des monstres. Je préférais mourir...

Pendant trois jours, j'ai fermé les yeux...

Les malheureuses qui m'avaient si bénévolement recueillie, étaient bien ennuyées. Elles essayaient de me soulever les paupières, mais je les tenais bien serrées ! Même sous la pression du doigt, comme expliquait Julie plus tard, mes paupières refusaient de s'ouvrir.

Alors Grand-Mère et ses deux filles se sont demandé quelle catastrophe était encore en train de leur choir sur la tête. Elles n'en avaient pas assez vécu comme ça, de catastrophes ? La ruine du grand-père, la mort du grand-père, la faillite de Pierre, la mort de Pierre, est-ce que maintenant Sabine allait être aveugle ? Julie avait de l'initiative : elle se montrait de beaucoup la plus énergique des trois : « C'est pas tout ça, qu'elle a déclaré, il faut savoir ce qu'elle a ! » Et elle m'a conduite aux Quinze-Vingt[2].

L'oculiste a examiné mes yeux sous tous les angles. Bien entendu, il n'a rien trouvé. « Elle a de bons yeux, qu'il a dit, elle n'a rien. C'est nerveux ! »

Les « c'est nerveux ! » commençaient. C'était le premier de la série. En ce temps-là (et encore maintenant !) les toubibs, quand ils ne savaient pas, ils vous consolaient avec un « c'est nerveux ». Ce qui signifiait : c'est pas grave, mais même si c'était grave, on n'y pourrait pas grand-chose puisqu'on ne sait pas ce que c'est !

Et il a ajouté, l'oculiste : « Faut l'emmener au vert ! »

C'est ainsi qu'ils se trompent, les grands spécialistes. Au lieu de conseiller : « Faut la rendre à sa mère, cette enfant ! », ils ordonnent : « Faut la mettre au vert ! », c'est-à-dire le plus loin possible de sa mère ! À l'autre bout de la France !

Vous objecterez qu'il savait pas. Mais il aurait pu se renseigner. Et pourquoi ce bébé était-il

2. Hôpital de Paris spécialisé en ophtalmologie.

accompagné par sa tante et non par sa maman ? Il a pas pensé ! Ou bien, pour lui, les enfants étaient de petits animaux inconscients qui devaient se plier aux règlements et aux caprices des grandes personnes. Sans rien dire. Ce que ma mère pensait aussi.

Ce diagnostic en poche, Julie était satisfaite : sa nièce, elle avait rien aux yeux. C'est au cœur qu'elle avait mal. Mais ça, elle ne l'a jamais su...

CHAPITRE 4

C'est comme ça que j'ai perdu ce que j'avais de plus précieux au monde, que nous avons quitté Juvisy et réintégré le Poitou de la Grand-Mère. Car les médecins, on les écoutait dans la famille : c'étaient des gens instruits. Donc qui ne se trompent pas. À quoi ça servirait l'instruction si on se trompait encore quand on est instruit ?

Remarquez que les yeux, j'en ai eu vite assez de les tenir fermés. Trois jours, c'était déjà beaucoup : un adulte, il aurait pas fait mieux. Alors, je les ai rouverts : y avait pas d'autre solution... D'ailleurs, j'étais comme l'Enfant-d'éléphant[3], d'une insatiable curiosité...

Je les ai rouverts, mais je ne voyais plus comme avant. Un voile de détresse s'était intercalé entre le monde et moi. Indestructible et déformant. Avec dedans des taches aveugles

---

3. Référence au Livre de la Jungle de Kipling.

et des lentilles divergentes. Désormais, je ne distinguerais plus tout, mais seulement ce que mon cerveau accepterait de percevoir. Face aux taches aveugles il ne verrait plus rien, face aux lentilles divergentes, il déraillerait...

Je suis restée ainsi : infirme entre l'œil et la matière grise, personne ne s'en est aperçu, ni moi ni les autres. Du reste comment savoir de quelle façon les autres sont faits à l'intérieur ? S'ils voient comme vous voyez, s'ils entendent comme vous entendez ? Et ma famille, comment elle aurait pu remarquer une infirmité invisible ?

Ainsi se faussent les automatismes. Ça m'a joué de ces tours... Par exemple, il y a des gens que je ne reconnais pas. Si mon inconscient pour des motifs obscurs a décidé de les ignorer, tous les efforts que je fais sont superflus. J'ai beau rendre visite à ces personnes, je ne les reconnais pas plus à la prochaine entrevue. Je ne les vois pas ! Mon inconscient, c'est toujours lui qui gagne et qui me fait perdre. Et les papiers importants qu'on me met sous le nez pour que j'en prenne note, si ça ne lui plaît pas à mon moi profond, mes yeux auront beau se poser dessus, ils ne verront que du blanc. Je pourrais demeurer des heures devant et faire semblant de les compulser, cela ne servira qu'à donner le change : la communication est coupée...

Le bon coup de massue qu'elle m'asséna à deux ans, la société, il s'en souvient, mon inconscient. Il se venge. Mais sa vengeance, elle se retourne encore contre moi. Car il voit tout de travers. Et la société, elle est devenue pour moi un magma nébuleux d'où se détachent seulement ceux que j'aime et ceux qui me font souffrir. Ce sont du reste presque toujours les mêmes... Face à moi : centre du monde.

Bondissez pas ! C'est pas parce que moi, je l'avoue, que pour vous, ce n'est pas la même chose. Le centre du monde, pour vous comme pour moi, c'est votre cerveau. À moins que vous ne lui préfériez votre nombril. Mais pas celui du voisin. Même si vous le croyez. Même si la vérité, elle n'est pas altruiste.

Donc, au début des temps, en dehors de ma mère infidèle, et du magma nébuleux où elle m'avait plongée, il y eut pour moi ma Grand-Mère et ses deux furies. Auxquelles il fallut bien s'habituer...

On s'habitue à tout : à la souffrance, à la bêtise, à l'ennui... Mais pas sans en pâtir. Au début de mon existence, j'ai eu tout ça tout de suite pour me consoler de ne pas être morte de chagrin. Cadeau de ma mère...

La souffrance, on s'y habitue, en finissant par l'aimer. La bêtise, en essayant de ne plus la voir. Reste l'ennui...

L'ennui s'installe en vous. Vous avez beau le fuir, à l'arrivée vous le retrouvez. Il ne prend jamais de vacances. Vous non plus. Parce qu'il y a un remède à l'ennui : le travail. Et celui qui meurt à la tâche, la plupart du temps, c'est pas par devoir comme il le croit, c'est par plaisir ! Le seul plaisir qui lui soit abordable ! Mais avant de trouver cette solution, faut tâtonner, faire ses expériences ! Petite, je savais pas. Je m'ennuyais. Je m'ennuyais, oh ! mais alors, sans arrêt... « Grand-mère, je sais pas quoi faire... » Toute la journée, je répétais ça. Elle avait beau dévider tous les contes de son répertoire et toutes ses pauvres idées, rien n'y faisait. Et Julie, elle avait beau aussi me découper des guirlandes de poupées en papier, me bâtir des maisons avec des boîtes de vermicelle, munies de cheminées qui fumaient de la ouate, me façonner des services de verre à pied en papier « doré » de chocolat, et Mariette, elle avait beau me dévoiler tous les trésors rococos des tiroirs de sa commode : je m'ennuyais... Malgré les chèvres, les chats, le chien, malgré les petits pensionnaires de Julie qui ne restaient, hélas ! jamais bien longtemps. Car Julie, pour grossir un peu le pécule familial, elle prenait des enfants en nourrice. Des enfants qu'étaient comme moi de trop sous le toit maternel, ou bien dont la mère se séparait à regret pour aller travailler parce qu'elle n'avait plus de mari… C'était le cas d'Isabelle…

Ah ! quel dommage qu'Isabelle ne soit pas restée ! Je l'avais là, l'amie idéale, remède à mon ennui, parce qu'à s'ennuyer à deux, on l'aurait épuisée un jour, la nostalgie… On aurait fini par lui tordre le cou… On se racontait nos souvenirs, on cherchait une solution à notre souffrance. La solution pour nos quatre ans, y en avait qu'une : retrouver nos mères. C'est comme ça qu'un jour nos petites cervelles d'enfants, elles ont pris une grande résolution : on allait faire la valise ! …

Isabelle portait la poupée, moi le petit baluchon, et la main dans la main, gravement, nous prîmes le chemin de la gare…

J'avais une confiance éperdue dans mon amie qui devait avoir quelques mois de plus que moi. Et nous marchions. La gare, elle était à quatre kilomètres, mais on la retrouverait bien ! On s'en souvenait de la route par laquelle on avait débarqué… Hélas ! on a rencontré des ennemis… Intrigués de voir déambuler ces deux gosses toutes seules, ils ont prévenu Julie qui nous cherchait partout, et qui s'est mise à courir après nous avec des jambes de sept lieues... « Où allez-vous comme ça ? » qu'elle nous a demandé. « On va prendre le train, qu'on a répondu froidement, on rentre chez nos mères ! »

Il a fallu revenir, parce que Julie, elle était plus forte que nous. Et furieuse qu'on lui ait préféré nos vraies mères...

Comme elle était bavarde, elle n'a pas pu se retenir d'en parler. Elle a raconté l'aventure à la maman d'Isabelle, qui a pris peur et a bondi dans le premier train en partance pour la Vendée : j'avais perdu ma première amie.

Ma mère à moi, elle a pas eu pitié. Elle a fait la sourde oreille et m'a laissée vingt ans avec ses belles-sœurs qu'étaient des anormales... Plus tard, elle me l'a avoué qu'elle aurait pas pu vivre huit jours dans cette ambiance... « Et moi alors ? » que j'ai rétorqué. « Mais toi, ce n'est pas la même chose, qu'elle a répondu, toi, t'étais habituée... ! »

S'habitue-t-on à la bêtise ? J'appelais ça de la bêtise avant de savoir qu'en réalité, c'était de la maladie. Maintenant, je dis névrose quand je suis indulgente, et folie quand je ne le suis pas... Mais elles n'étaient pas responsables, les deux sœurs. Est-on responsable de sa naissance ?

Heureusement, il y avait Grand-Mère et sa noblesse de sentiments. Elle était si douce, si bonne, et bousculée toute la journée par ses filles qui n'étaient ni l'un ni l'autre. Des attardées, des refoulées, souvent méchantes sans le savoir ni le vouloir...

CHAPITRE 5

Julie était l'aînée et le capitaine. Mariette n'était rien qu'un pantin dont sa sœur tirait les ficelles, souvent trop fort car elle était brutale, et Mariette, l'écorchée vive, réagissait encore plus brutalement. Elle poussait des braillements qui la rendaient célèbre dans tout le village.

Combien de fois ai-je eu honte de ces cris que tous les passants pouvaient entendre. Tout le monde était au courant des querelles de la famille. Les gens disaient que mes tantes étaient folles. Surtout Mariette. Fallait pas l'exciter, elle voyait rouge, et comme elle ne savait pas se défendre avec des paroles – son cerveau ne trouvait rien à répondre – elle gueulait. Quand on l'attaquait ou qu'elle se croyait attaquée, Mariette, elle n'avait que sa colère pour se protéger. Elle était restée enfant. Elle était incapable de machiavélisme, ce n'était jamais elle qui attaquait, mais Julie qui trouvait toujours quelque chose à lui reprocher. Julie avait besoin d'une tête de Turc. Et Mariette n'avait que sa voix comme bouclier. Une voix d'éléphant. Et quand Julie beuglait encore plus fort, Mariette ajoutait les coups. Et quand les poings ne cognaient pas assez dur, alors elle menaçait l'adversaire de son couteau...

À ce stade, d'un côté comme de l'autre, on commençait à réaliser le danger. Le ton baissait et les larmes montaient. Les gémissements remplaçaient les cris. C'était à qui pleurerait le plus fort. Finalement, c'était toujours Julie qui avait le dessus. Parce que Julie avait le don d'inventer des arguments...

La pauvre Grand-Mère supportait avec courage cette malédiction vivante. Elle les traînerait jusqu'au bout de sa vie ses boulets hurleurs... Chaque fois, elle s'empressait d'implorer la pitié divine, qui descendait sur elle sous forme de consolation : « C'est ton paradis que tu gagnes », qu'elle chuchotait à ses oreilles, la consolation divine. Cette idée lumineuse soulageait Grand-Mère immédiatement. Après, elle était toute prête pour la prochaine épreuve.

Moi, j'y pensais pas à la pitié divine. Maintenant, avec plus d'expérience, je pense qu'il n'y a au fond rien de plus efficace : la puissance d'une idée, vraie ou fausse, qu'importe ? c'est le résultat qui compte. Mais à cette époque-là, moi, je pensais au couteau...

Tout est toujours compliqué avec les sots – puisqu'en ce temps-là, j'appelais ainsi les caractériels – d'abord, parce que ce que les autres ont découvert, ils ne veulent pas l'admettre. Dame! ils ont leur orgueil, eux aussi. S'ils trouvent pas, pourquoi les autres trouveraient-ils? Ils ne veulent pas être inférieurs. D'ailleurs votre solution, elle est toujours trop simple. S'ils ne l'ont pas trouvée la solution, c'est – dans leur esprit – parce qu'elle est compliquée... Alors, si vous vous amenez la bouche en cœur avec votre solution élémentaire, c'est parce que vous vous êtes trompé! Que vous êtes prétentieux! Vous croyez avoir résolu le problème, mais vous avez résolu que dalle! Comme eux! Ça les amuse bien de vous voir vous escrimer dans le vide. Vouloir les convaincre? Puisqu'ils vous disent que vous vous trompez!

C'est pas la peine d'insister!

Quand j'étais gosse, j'ai usé beaucoup de salive à vouloir expliquer à Julie que si son feu ne prenait pas tous les matins, c'était parce qu'elle « oubliait » de froisser le papier. Le feu, c'est la vie, il lui faut de l'air. Moi j'avais appris ça à l'école. Mais Julie répliquait vertement : « Tu vas pas m'apprendre à faire du feu ! À quarante ans ! » Parce qu'à quarante ans, on est forcément plus intelligent et plus expérimenté qu'à dix, qu'elle pensait dans sa logique. Et elle enfumait toute la maison avec son papier tassé. Jamais elle n'aurait tenté d'allumer autrement qu'elle avait toujours fait. Même pas quand je tournais le dos, ce qui aurait préservé sa dignité. Elle était tellement sûre qu'elle avait raison et que c'était la cuisinière qui ne tirait pas. Les sots, ils sont toujours sûrs d'eux.

C'est pour la même raison que tous les samedis, nous mangions du bifteck dur comme du cuir de rhinocéros. Parce que Julie, elle le jetait dans la poêle froide en même temps que le beurre. Et tous les samedis le boucher se faisait agonir pour avoir vendu de la savate ! Elle avait beau changer de boucher, tous ils vendaient de la savate ! Elle a jamais compris pourquoi, ni pourquoi j'aimais pas la viande.

Seulement, quand on est gamin, on est respectueux (du moins, en ce temps-là). Même de la bêtise de ses parents. C'est après que cela se gâte...

De vivre ensemble, on réagit forcément les uns sur les autres. C'est comme ça que parfois Julie me faisait faire des choses idiotes... J'étais fatiguée de lutter, ou je me disais, qu'après tout, elle avait peut-être raison cette fois-ci. Mais c'était faux, parce qu'elle ne voyait jamais clair.

Comme ce jour où elle est allée jusqu'à recopier de sa main la solution de mon problème sur mon cahier du soir. Parce que c'était elle qui l'avait trouvée, la solution... Sa fine écriture régulière ne ressemblait pas du tout à ma grosse écriture de myope. La régente ne pouvait pas s'y tromper. « C'est ta tante qui a fait ton problème ? – Non madame, que j'ai répondu sans hésitation. » Je ne pouvais tout de même pas faire punir Julie ! Pendant toute la récréation, elle m'a interrogée, la maîtresse. J'ai toujours répondu non ! Malgré mes yeux qui disaient oui... À la fin, l'institutrice, elle m'a laissée tranquille. Elle a eu pitié de mon dévouement familial. Mais moi, j'étais furieuse contre Julie. Elle aurait pu me le laisser recopier mon problème, non ? Elle prenait la maîtresse pour une demeurée... Elle prévoyait rien. C'était pourtant pas sorcier à deviner ! Au lieu de m'obliger à mentir, moi qui détestais ça.

Ce qui est remarquable, c'est que la sottise, on s'y habitue. Elle vous fait souffrir, elle vous horripile, elle vous torture, elle vous révolte, mais insidieusement, on s'y habitue quand même. Tellement qu'un jour on ne peut plus s'en passer. On finit non seulement par la supporter, mais encore par la rechercher, inconsciemment... Pour que la composition du liquide amniotique ne change pas. Pour qu'on ne soit pas désorienté. Pour que l'ambiance dans laquelle on a vécu soit toujours la même... Parce que l'individu, si on le transplante, il végète. S'il est habitué à la sécheresse du calcaire, il ne se plaît pas dans l'humus. Il a appris à fabriquer ses anticorps. Il veut continuer à les fabriquer... Du moins, l'individu qui a été traumatisé au départ...

CHAPITRE 6

Mariette n'avait pas du tout l'assurance de sa sœur. Elle connaissait ses limites. Elle était discrète, sans prétention. Julie la rabrouait si souvent. Elle prétendait que Mariette ne savait pas travailler, qu'elle faisait tout de travers. C'était pas tout à fait exact. En réalité, si Mariette ne faisait rien, c'était tout bonnement que Julie ne voulait rien lui laisser faire. Non par bonté d'âme (sa bonté ne s'exerçait pas vis-à-vis de sa sœur), mais parce qu'elle se croyait supérieure en tout et désirait le prouver. Elle se jugeait plus savante et habile que tout le monde. Elle brûlait qu'on les reconnaisse, ses capacités supérieures. Sa sœur, elle lui servait de repoussoir à Julie. Et puis après, elle se vantait d'avoir tout fait, et elle recueillait, en plus de l'admiration qu'on prodiguait à sa compétence, celle qu'imposait son courage. Elle se révélait non seulement la plus capable, mais la plus courageuse. « Oui, c'est honteux, qu'elle se lamentait, c'est moi qui fais tout dans la maison ! Le ménage, la cuisine, la couture, le jardinage, les commissions. Et je tire[4] encore les chèvres ! » Ça, elle digérait pas ! Elle lui aurait bien laissé cette corvée à sa sœur. Mais Mariette, elle avait peur de ne pas savoir, de faire mal aux biques. Elle voulait même pas essayer. Elle s'enfermait dans sa chambre et se cachait derrière les doubles rideaux. Les chèvres, elle voulait juste les promener...

Mais qu'est-ce qu'elle aurait pu faire d'autre, puisqu'on lui disait toujours qu'elle ne savait pas ? Que n'importe comment, elle contrariait toujours sa sœur. Pourtant, quand elle a été seule avec moi à Juvisy, elle se débrouillait très bien, Mariette. Elle le réussissait le bifteck ! Il était pas dur ! Une vraie petite ménagère accomplie c'était, quand elle se sentait libre d'agir ! Une seule chose lui répugnait : les commissions. Parce qu'il fallait parler aux gens et qu'elle était sauvage. Le monde l'effarouchait. Elle le devinait méchant, sournois, trompeur. On ne pouvait pas s'y fier. Quand un coup de sonnette résonnait à la porte, elle me criait : « Vas-y toi ! » et elle courait se cacher. Quelquefois même au fond de la cave...

---

4. Je trais.

Remarquez que pour moi, les commissions c'était une corvée agréable. Une aubaine même : à cause de la « gratte ». Comment aurais-je pu me les payer sans ça mes petits romans de Paul Bourget et d'Henri Bordeaux, si j'avais pas compté les haricots verts cinquante centimes de plus par kilo ?

Remarquez que pour un gosse intelligent, y a tout avantage à vivre avec des sots : parce que tout ce qu'il fabrique, l'enfant intelligent, la famille bée d'admiration devant. Elle en a jamais tant vu la famille ! Elle le prend pour un génie, son rejeton. Même les Julie autoritaires et prétentieuses, elles sont bien obligées de le reconnaître un jour. Et d'abdiquer. Parce que les problèmes, elles peuvent pas les résoudre longtemps. Et l'enfant qu'est premier à l'école, il garde son auréole à la maison. Tandis que les élèves issus de parents supérieurs, ils sont à plaindre ! Ces parents-là, ils seront jamais satisfaits. Les écoliers, ils feront jamais assez bien. Ils auront beau s'appliquer, ils pourront jamais les dépasser les parents, même pas les égaler parfois. Ça c'est terrible ! Ça vous coupe l'envie de travailler pour la vie entière. C'est sans doute ce qui était arrivé à Mariette : toujours elle avait été comparée à sa sœur, écrasée par sa sœur.

Les aînés sont aussi paralysants que les père et mère...

Parmi tous mes malheurs précoces, moi, j'avais eu cette chance de vivre avec des minus qui s'extasiaient devant mes travaux. J'avais besoin d'un tel encouragement ! Que serais-je devenue sans ? Je me disais que la vie, même pour une orpheline, elle avait encore un côté agréable puisqu'on pouvait faire du dessin, des poèmes, de la musique. Car les fées m'avaient comblée à la naissance. Elles m'avaient tout donné, sauf une bonne mère... Mais les poèmes, je les montrais pas. Cette joie-là, je me la réservais pour mes moments de cafard. Le dessin, c'était ma façade, la poésie, mon mystère. Mes petits tableaux étaient tout ce qu'il y a de plus gais, mes poèmes tout ce qu'il y a de plus nostalgiques. Les deux s'équilibraient. Et ma confiance en moi, elle était bien vivante, bien résolue à vaincre, avant le coup de matraque qui l'étendit raide...

Je vous raconterai...

Heureusement, à la maison, en matière d'art, on admirait tout, le bon et l'affreux : on distinguait pas ! Mes trois mères d'adoption, elles étaient fières d'élever une gamine qui remportait quelques premiers prix. Quand il n'y en avait pas assez au gré de Julie l'orgueilleuse, elle grattait « deuxième » sur la page de garde du beau volume rouge et elle inscrivait bravement « première » à la place. L'honneur était sauf...

Mariette, elle aurait pas osé. Mais même si j'avais été la dernière, elle aurait rien dit, elle m'aurait aimé, quand même. Parce que j'étais la fille de son frère jumeau. Julie, j'avais intérêt à flatter son orgueil. Mes succès scolaires, elle se figurait que je les devais à son éducation. « Étudie bien, toi qu'as la chance d'aller à l'école. Moi, j'aurais bien voulu qu'on me donne un métier au lieu de m'envoyer travailler chez les autres. C'est dur de ne pas savoir quoi répondre quand on vous demande : qu'est-ce que vous savez faire ? »

Julie n'avait guère travaillé chez les autres. Deux ou trois fois, elle s'était placée, puis était revenue au bout de huit jours. « J'avais pas la santé ! » En réalité elle avait surtout pas de disposition à obéir. Mais lorsqu'elle se fâchait avec sa mère ou sa sœur, elle brandissait cette menace de partir travailler « chez les autres ». Persuadée que sans elle, la barque familiale allait sombrer. Cet avertissement trop souvent réitéré n'effrayait que moi : que deviendrais-je sans elle ? Me faudrait-il encore perdre cette mère-là ? Et puis je n'imaginais pas la maisonnée sans son capitaine. Ni ma vie.

Remarquez que pour moi elle faisait vraiment tout ce qu'elle pouvait, mais qu'elle agisse autrement n'aurait pas changé grand-chose à ma nature. Les mauvais plis, comme les bons, ils étaient déjà pris. Et l'inspiration, c'était pas Julie qui me l'avait léguée. Peut-être le grand-père, bâtisseur de maisons. Ou l'autre, inventeur du chauffage à air chaud ? Comment savoir ? Je ne les ai pas connus. Mais Mariette, je sais qu'elle m'a aimée, et que je lui ai mal rendu. Parce que Julie pleurnichait toujours que c'était elle la grande sacrifiée de la famille. Tant et si bien qu'elle vous fendait le cœur et qu'on prenait parti pour elle, pas pour sa sœur. C'était ce qu'elle voulait, Julie.

CHAPITRE 7

C'était Mariette que j'aurais dû préférer, Mariette la méconnue, la brimée, la solitaire. C'était Julie que je préférais, parce qu'elle savait mieux se défendre et que ma jeunesse ne pouvait pas déceler ses pauvres ruses. Et puis elle était tellement autoritaire, Julie ! Non seulement elle s'occupait de moi, m'accaparait, me subjuguait, mais elle m'obligeait à la préférer. Elle n'aurait pas supporté le contraire. Je pressentais instinctivement que si j'avais cajolé Mariette à sa place, elle m'aurait fait une guerre à outrance. Elle était affreusement jalouse ! Je subissais sans analyser, mais je ne me trompais pas. Fallait qu'elle domine, Julie, dans la maison, dans la rue, dans le jardin, dans les affaires, dans la correspondance et dans le cœur des gens. Elle lui laissait tout juste les chèvres et les chats à Mariette.

C'est pour cette raison que j'avais choisi Julie : je ne pouvais pas faire autrement ! Elle était trop envahissante. C'était une mère abusive. Elle m'absorbait littéralement. « Je t'avale ! » qu'elle m'annonçait quand j'étais petite, en m'enveloppant de ses bras puissants comme des bras d'homme. Elle voulait totalement remplacer ma mère. C'était son côté attachant, celui qui répondait à mon désir intime d'être aimée. Sans doute, Mariette m'aimait-elle autant, mais elle était moins démonstrative : elle n'osait pas. Elle ne savait ni commander, ni se faire obéir. Elle avait toujours obéi aux autres, elle-même... Julie, elle, donnait des ordres et exigeait qu'ils soient exécutés. Mais son autoritarisme n'empêchait pas la tendresse. Et moi j'en avais à revendre de la tendresse, des barils d'affection tout prêts à sauter ! Je couvrais Julie toute la journée de baisers et de cajoleries. Je me pendais à son cou.

Et Mariette, elle avait rien : j'y pensais pas...

Peut-être qu'elle s'en apercevait pas, Mariette ? Qu'elle acceptait ? Qu'elle trouvait ça naturel, comme de voir sa sœur commander, s'agiter et se plaindre continuellement. Comme d'être éternellement la cinquième roue de la charrette ? Comme de mourir à cinquante ans à la place de Julie qui ne devait pas en dépasser trente ? ...

C'était Mariette la malade authentique, c'était Julie qui croyait l'être. Parce qu'à vingt ans, son grand spécialiste lui avait découvert une angine de poitrine: la fausse, la nerveuse! Mais son esprit, il en voulait pas de la fausse, la véritable qu'il voulait! Ça faisait plus sérieux. Plus digne. Plus grave...

Et toute sa vie, qui a duré quatre-vingt-cinq ans, elle a répété, et tout le monde avec elle, que son cœur était pas solide et qu'elle irait pas loin...

Même qu'une fois, elle a bien cru que c'était la fin. Elle s'est couchée et m'a dit d'aller en ville chercher le docteur. Personne d'autre ne pouvait y aller! Comme une folle, je suis partie sur mon vélo de curé. J'avais dix ans... Et crac, pour comble de malchance, mon pneu arrière éclate en route. Vous pensez! Personne ne les vérifiait mes pneus! Fallait qu'ils roulent jusqu'au bout! Je me précipite dans la première ferme venue pour demander une bicyclette de rechange. Je pleurais tellement que la fermière, elle comprenait pas. Elle m'a tout de même prêté le vélo.

Et Julie, elle avait rien!

Elle nous a bien fait marcher, Julie, avec sa maladie de cœur. Surtout moi qu'étais si facile à berner. J'accusais même Mariette de malveillance parce qu'au fond, elle y croyait pas à l'angine de sa sœur. De la pure comédie c'était pour elle...

Quant à ma Grand-Mère, elle osait rien dire. Chrétienne avant tout, elle acceptait. Maladie vraie ou fausse, pour elle c'était tout de même de la maladie. Elle avait encore raison ! Et Julie continuait à brandir l'épouvantail de sa terrible coronarite. Quand le cœur, c'était ce qu'elle avait de plus solide...

Tout de même, y avait des jours où ça l'arrangeait bien d'être malade, Julie. Elle savait s'en servir de son angine de poitrine. Elle vous piquait sa crise juste à point pour obtenir ce qu'elle désirait. Parfois c'était vrai... Elle s'étirait, s'étirait, puis plouf! s'écroulait par terre comme une morte. C'était pas du tout cardiaque. Un jour, elle a entraîné Grand-Mère qui se tenait là devant elle, prête à lui porter secours. Y avait pas de secours possible. Et elles sont tombées toutes les deux, le crâne à deux doigts du rebord de l'évier...

Mariette et moi, on ne savait plus laquelle ramasser la première.

À part ça, et malgré les mauvaises langues qui prétendaient qu'elle s'était fait entretenir toute sa vie par la Grand-Mère, Julie se montrait bien courageuse. Elle avait beau se vanter de prendre tout le travail à son compte, fallait quand même s'en acquitter. Grand-mère, elle vieillissait. À part la soupe poireaux-pommes de terre et des kilomètres de reprises-gilets de flanelle, le reste revenait à Julie.

Remarquez que les nerfs mis à part, ma tante était solide comme un menhir. Elle labourait comme un homme, traînait sa voiture à provisions comme un mulet et menait les chèvres au bouc comme un coureur à pied. Parce que Mariette, elle refusait d'y aller. Et que les chèvres, elles étaient pressées...

Mariette, elle voulait juste les promener les chèvres. Pas les « tirer ». Ni les conduire au bouc. Ni les accoucher. C'était le travail de Julie. Moi, tous les jeudis, j'allais balader les biques avec Mariette. Elles avaient un sale caractère : celui de la famille. Je leur cueillais de tendres pousses de charme et pour récompense, je recevais un coup de tête dans l'abdomen ! Ou bien elles me faisaient courir à travers les vignes et les champs de choux. Parce qu'elles adoraient l'indépendance et qu'on les promenait toujours au bout d'une corde...

Notre plus grande joie à Mariette et à moi, c'était la naissance des « bicots ». Pendant leurs deux mois de sursis, ils grimpaient sur nos genoux et gazouillaient comme des bébés. Quand le boucher venait les chercher, c'était un déchirement. Mariette s'enfermait dans sa chambre pour pleurer, et moi je couvrais d'injures refoulées l'assassin de ces innocents. Ce que j'aurais voulu les sauver de la mort ! Mais comment faire ? Comment faire pour empêcher les gens et les animaux de mourir ? Mariette et moi, nous n'étions pas faites pour vivre dans cette société de bouchers.

CHAPITRE 8

Julie, elle m'a soignée jusqu'à dix-neuf ans. Puis elle a soigné sa mère jusqu'à quatre-vingt-treize, et sa sœur paralysée pendant encore cinq ans. Elle a eu du mérite. À côté de tous ses défauts, elle avait plus de qualités que beaucoup.

Avec moi, elle n'a pas toujours eu la vie facile. Parce qu'à l'adolescence je me suis mise à la regarder avec des yeux neufs. Des yeux qui s'ouvraient pour la seconde fois. J'ai vu sa bêtise... Et la bêtise quand on fait des études, c'est l'ennemi numéro un. Elle m'énervait sa bêtise! Je voulais plus la regarder. Ni lui parler. Je ne disais plus rien à personne. Et plus je devenais muette, plus Julie devenait éloquente. « C'est bien ça, qu'elle bougonnait, depuis que Mademoiselle fait des études, elle nous méprise! On est des zéros! Elle daigne plus nous parler! »

Ces reproches finissaient de me mettre en boule. Je les jugeais injustes. Pourtant n'avaient-ils pas raison? Julie, qu'est-ce qu'elle était, comparée aux grands hommes que j'admirais? Rien! Une sotte, qui avait en plus un caractère détestable puisqu'elle se permettait de relever les défauts du mien. Voilà ce que je pensais de ma tante: une incapable de faire cuire un bifteck sans qu'il soit dur. Mais moi, aurais-je été capable de faire cuire un œuf tous les jours pendant vingt ans, à une fille qui n'aurait pas été la mienne? Pas sûr! Je trouvais ça normal qu'elle lave ma chemise et cire mes souliers. J'y pensais pas à la dose de dévouement que cela représentait. Je ne rêvais qu'aux prouesses cérébrales, aux aventures de George Sand, et à celles que j'avais envie de vivre. La société se composait pour moi de deux clans adverses: d'un côté les artistes et les littéraires, de l'autre tous ceux qui ne l'étaient pas et qui ne valaient strictement rien.

Les étudiants se forgent comme ça souvent des idées fausses qu'ils traînent longtemps derrière eux. Et ils ont hâte de décrocher un diplôme qui leur permettra de tourner le dos à la famille. Pour pouvoir renier la misère dont ils sont sortis. Seuls ceux qui continuent à subir des calamités de toutes sortes, peuvent revenir en arrière et faire un jour leur *mea culpa*. Alors, ils ouvrent les yeux pour la troisième fois. Et cette fois-ci, ils la découvrent la vraie vérité. Elle est pas dans les livres. Elle est à côté de soi, dans la vie.

Heureusement, mon égoïsme, il a été vite neutralisé et la bêtise de Julie, je ne l'ai pas toute ma vie lorgnée à travers mon microscope. J'ai fini par la comprendre la pauvre tante. Elle subissait son caractère autant qu'elle le faisait subir aux autres. Après tout, c'était pas elle qui s'était engendrée. Et ses parents, c'étaient pas eux qui s'étaient faits non plus. Dans une famille, on se tient tous comme des quilles bien alignées. Quand la première, elle tombe, elle entraîne toutes les autres dans sa chute.

C'est comme ça qu'elle avait encore raison la grand-mère : les enfants, ils supportent les fautes de leurs parents. Mais comment que j'aurais pu le comprendre avant d'en avoir un enfant ? Avant de lui faire subir la même fatalité, celle qu'est dans la famille, dans la cervelle de la famille. Et qu'on ne peut pas plus éviter que les oreillons ou la rougeole. Je vous raconterai. Tout, je vous raconterai !

L'aspect le plus mutilant du caractère de Julie, ce n'était du reste pas sa sottise mais son sadisme. Elle aimait faire peur. Quand elle me prenait sur ses genoux et qu'elle se renversait sur le mur de la terrasse au-dessus du vide, en criant: « On tombe ! », et quand elle m'assurait que les phares des autos la nuit c'étaient les yeux du loup, ça me rendait angoissée pour toute ma vie. Et quand elle m'envoyait impitoyablement rechercher sur la route le petit sou que j'avais perdu, en m'accusant : « Tu l'as fait exprès ! », ça me plongeait dans un bain de désespoir. Parce que bien sûr on ne perd pas exprès ses sous. Pas plus qu'on ne retrouve, hélas ! une petite pièce. Elle est bien trop petite, la route bien trop longue, les passants pas assez honnêtes... Et l'épicière, elle se rappellera plus... Je pressentais tout cela et j'avais l'impression que le monde entier m'abandonnait à mon triste sort de chercheuse de petit sou introuvable dans la neige des pôles...

« Tu l'as fait exprès ! T'es une menteuse ! » qu'elle disait à chaque instant Julie. Pour rien. Comme ça. Pour elle, c'était sans doute naturel de mentir. Elle pouvait pas imaginer que moi, je savais pas. Que j'aimais pas ça. Parce que, ce qu'on ne sait pas faire, on ne peut pas l'aimer...

Par contre, quand Julie bravait l'orage, c'était pas pour faire peur, mais par un obscur désir suicidaire. Et sur ce terrain, je la suivais hardiment. Nous étions poussées par le même instinct destructeur. Tandis que Mariette se terrait dans un recoin et que grand-mère implorait sainte Barbe, nous sortions sur la terrasse et nous bravions crânement les éclairs.

Julie s'intéressait aussi très fort à l'occultisme : elle faisait tourner les guéridons et interrogeait les esprits frappeurs. Était-ce vraiment les morts qui répondaient ? Je me creusais en vain la cervelle. Julie se dérobait à mes questions... Par contre, j'aimais bien qu'elle me tire les cartes : elle m'annonçait toujours des tas d'événements curieux qui devaient se passer à la nuit et qu'arrivaient jamais. Mais pendant que mon imagination galopait derrière les prédictions, le temps passait. Il était tellement long ! Surtout les printemps bronchiteux. Ma tante avait beau me transformer tous les hivers en esquimaude, les vacances de Pâques me retrouvaient régulièrement au lit. J'avais bien juré, à cette époque de grandes résolutions, que si j'avais un jour des enfants, je ne les couvrirais pas comme Julie m'avait couverte. Qu'est-ce que vous croyez ? J'en ai fait autant ! Malgré mon expérience d'esquimaude qui crevait de chaleur et ne pouvait plus bouger les bras trois mois de l'année.

On n'échappe pas aux influences. On a beau vouloir, on ne peut pas. On reste ce qu'on vous a fait. Même si la raison vous souffle que vous avez tort. C'est pas la raison qui commande : c'est le caractère ! C'est ainsi qu'on peut être très intelligent et faire des choses bêtes. C'est ainsi qu'on peut faire tout le contraire de ce qu'on avait décidé...

CHAPITRE 9

Tout de même, il faut que je vous le dise ici : je dois beaucoup à Julie. Si elle ne m'avait pas toujours poussée dans la bonne voie, avec sa rudesse autoritaire, sa fermeté d'ignorante, je n'aurais pas été au bout de mes petites études. Parce que je me décourageais souvent. J'aurais voulu gagner ma vie. Être débarrassée de la tutelle familiale. Ne plus être à la charge de personne. Certains jours, je me voyais très bien travailler en usine... Depuis si longtemps je rêvais d'être libre ! Vous me direz que pour ce que j'en ai fait de cette liberté, de ces études... Mais qui sait. J'aurais été peut-être encore plus malheureuse sans ce mince bagage scolaire, inutile pour comprendre la vie, utile pour s'étourdir, pour s'anéantir dans la musique ou la lecture – on lit comme on boit !

Car Julie l'orgueilleuse, elle m'a fait aussi apprendre la musique.

Elle avait des goûts bourgeois, Julie. Issue de paysans devenus, à force de trimer, des ouvriers riches, puis des rentiers pauvres, elle reniait inconsciemment ses origines. Son idéal, c'était la cheminée de marbre rose et l'éducation bourgeoise. Elle y tenait à son éducation bourgeoise qu'elle avait pas eue, et qui lui avait tant manqué à elle. Elle voulait que j'en profite, moi. Et que je les cultive ses goûts de gosse de riches que j'étais pas. C'est comme ça que j'ai appris le violon. Le violon, comme ma mère et comme Daniel, mon premier amoureux...

Tous les jeudis, nous allions à la ville, Julie, le violon et moi. À pied. Nous avions le temps de bavarder tout au long des quatre kilomètres, car j'étais encore loquace à cet âge. Je pensais tout haut et Julie était ravie de m'entendre dévider mes projets d'avenir. C'était sa récompense... Ils manquaient pas les projets ! Tout d'abord, je voulais devenir professeur de violon comme l'adorable jeune fille qui me l'enseignait. Je la trouvais si belle que je voulais l'imiter en tout. Et Julie n'était pas oubliée : elle recevrait mes élèves. C'était normal, n'est-ce pas, puisqu'elle était devenue ma seconde mère...

Julie, elle jouissait d'avoir sa place dans mon avenir. Et quelle place ! Sûr qu'elle se voyait déjà recevant les élèves de sa nièce et bavardant avec leurs duègnes. Alors, elle faisait confiance à mon étoile et, en attendant ce beau jour, elle effaçait le prix de mes morceaux de musique pour ne pas que Mariette les découvre. Parce que Mariette, lorsqu'elle était de mauvaise humeur, elle reprochait à Julie ses goûts mondains et ses dépenses excessives...

Mais la vie, elle démolit les projets aussi vite qu'elle les inspire. Mes tantes, elles ont eu le tort de m'obliger à répéter mes exercices dans la cuisine. Elles voulaient pas en perdre une mesure de mes fausses notes ! Ce qui ne les empêchait pas de se disputer en fracassant la vaisselle. Alors, puisque c'était moche, que personne ne m'écoutait, qu'on se disputait quand même ? Non ! le violon c'était pas possible dans cette ambiance cocotte-minute. Y avait trop de pression, trop de chahut. Pour dominer les voix de Julie et de Mariette, c'était pas du violon qu'il aurait fallu, mais du cor de chasse !

Dans ce tumulte, il n'y avait plus de rêve possible, la musique perdait son pouvoir et son attrait. De plus, je jouais perpétuellement faux sur un violon que personne ne savait accorder. Tous mes morceaux s'en trouvaient transposés. Je ne reconnaissais plus rien, et je m'énervais, je m'énervais, le nez collé à mon pupitre de ferraille.

On s'aperçut enfin que j'étais myope.

Après trois ans de persévérance, j'abandonnai la musique et je me réfugiai dans le dessin : ça faisait moins de bruit.

Comment qu'elle m'était venue, cette ambition naïve ? Je ne sais plus ! Où avais-je entendu parler du Prix de Rome ? Julie, sans doute ! Je me souviens juste de mes progrès prestigieux en dessin. Et en tout. À la puberté mon cerveau s'ouvrit comme une fleur.

Je me souviens de cette période comme d'un émerveillement. Je comprenais tout, je pouvais tout. Peut-être à cet âge-là, mon intelligence atteignit-elle son apogée ? Mon intelligence et mon habileté manuelle. À treize ans, je devins soudain capable d'exécuter sur nature un portrait ressemblant et correct. Ce n'est pas rare, vous me direz ! Il en manque pas de jeunes artistes qui ont fait mieux plus tôt ! Peut-être, mais je l'ignorais. Et tout le monde avec moi. Nous manquions de points de comparaison. J'étais la seule de toutes les classes où je passais. Je pris conscience de mon talent. Je me considérais comme un prodige et, sans rien dire à personne, je me promis de devenir un grand peintre : un Prix de Rome... Le Prix de Rome étant à mes yeux d'enfant la consécration suprême : une sorte d'Himalaya. Je n'avais pas encore lu de biographies d'artistes. Les vrais peintres, je les ignorais, à part ceux de la Renaissance italienne dont on m'avait parlé au collège. Et ceux-là, je les admirais profondément. Surtout Michel-Ange. Ce qu'il m'impressionnait avec ses esclaves tordus ! À tel point que je fis poser une camarade, après l'avoir entortillée de ficelles, et que j'adoptai sa devise : « *Mille piacer non vaglion un tourmento* »[5] ...

Longtemps je l'ai gardée sa devise, elle me convenait parfaitement...

Je voulais donc être un peintre célèbre et – qui sait ? – j'en étais peut-être le commencement d'un. Je ne le suis pas devenue : on ne devient jamais rien de grand quand on se trimballe dans une tour. Comme on ne voit pas clair, on prend toujours la porte à côté, ou l'escalier de service. Et les autres sont furieux : ils vous attendaient en haut de l'escalier d'honneur...

Ils savaient pas que vous étiez aveugle ; vous non plus.

---

5. Mille plaisirs ne valent pas un tourment.

CHAPITRE 10

De tous mes souvenirs d'enfance, c'est celui-ci qui est demeuré le plus atrocement vivace. Sans doute parce que cette entrevue lamentable, elle a pesé comme une banquise sur tout le reste de mon existence. Rien n'a jamais pu effacer son empreinte. Au fond de mon inconscient bouleversé, le Général implacable s'installa en maître. Il y trôna toute ma vie, et me fit tout rater. Du bout de sa baguette militaire, il transforma le carrosse de mes ambitions artistiques en une vulgaire citrouille de fonctionnaire. Et je redevins Cendrillon...

C'était lui, le Général qui faisait la pluie et le beau temps dans le porte-monnaie de ma grand-mère (à laquelle ma mère versait tout de même ma pension d'orpheline). Lui qui distribuait, rectifiait, supervisait les rentes des pupilles de la nation, des veuves et mères en deuil. À ce titre, on lui devait des comptes au Général.

On n'avait, en particulier, pas le droit de changer d'orientation sans lui fournir d'explication. Du moins, c'est ce que croyait ma mère. Vrai ou faux, le Général me le laissa croire.

Quand j'ai voulu quitter le collège pour les Beaux-Arts, Berthe, qui ne s'occupait de moi que dans ces circonstances administratives, me fit venir à Paris et me dit : « Va trouver le Général ! Faut lui demander son avis ! » Mais elle ne voulut pas m'accompagner : elle avait pas une heure à perdre pour un futur Prix de Rome...

De toutes les rosseries innocentes qu'elle m'a faites, ma mère, celle-là a été la plus catastrophique.

Toute seule, j'ai été trouver le Général, avec mes quatorze ans, ma candeur et mon carton à dessin. Dans le carton, y avait tous mes chefs-d'œuvre, et dans mon cœur, une confiance éperdue en mon destin d'artiste.

Le Général, il a donné son avis : tous mauvais les dessins et moi j'étais une impertinente d'avoir osé aborder un cinq galons toute seule, à quatorze ans...

Aux yeux de ce vieux militaire, rigide et coupant comme la lame d'une épée, mon courage devenait de l'outrecuidance, mon ambition de la folie des grandeurs, ma naïveté de la bêtise, mon talent de l'utopie... Mes dessins ? Il aurait fallu s'y connaître pour les apprécier à leur juste valeur (et je savais ce qu'en pensaient mes professeurs !), mais mon juge ne voulait même pas les examiner. Il lui suffisait de penser que j'avais quatorze ans et que j'étais une fille, mieux encore : une orpheline pauvre et provinciale, triple raison pour m'interdire de franchir les portes dangereuses d'un atelier de dessin où l'on me ferait croquer des hommes nus ! Je devais apprendre un métier et gagner ma vie au plus vite...

Nous ne regardions pas par le même bout de la lorgnette...

Il m'a foudroyée, le Général. Il avait l'habitude de manier la foudre. Pas du tout celle de ménager les âmes fragiles. Rien qu'à voir ses yeux en bouche de canon et l'entendre tonitruer, j'imaginais ce qu'il pensait : « Je te défends de faire de la peinture, tu es pauvre, les pauvres n'ont pas de talent. Tu vas retourner dans ta province et tu deviendras fonctionnaire comme tout le monde. » Inutile de vouloir se distinguer quand on est « pupille de la nation ». Et il ajouta, hargneux : « D'ailleurs si tu n'obéis pas, je te supprime ta bourse ! »

Alors ma volonté, d'un seul coup, elle s'est ratatinée, ratatinée qu'il en restait plus. Comme une peau de chagrin à la fin d'une vie. J'aurais surtout pas voulu lui obéir à cet affreux vieillard, mais je sentais bien que tout le monde autour de moi allait m'y obliger. Et que finalement, je m'y obligerais moi-même. Je ferais le contraire de ce que j'avais tant désiré...

Et à partir de ce moment-là, j'ai continué inconsciemment à faire le contraire de ce que je désirais le plus... Dans ma mécanique mentale, un rouage venait de se briser une dent sur une pierre. Une pierre qu'on venait d'y introduire : le doute... Le doute en moi, en ma force, en mon pouvoir, en ma réussite artistique. Personne, maintenant, ne reconnaîtrait jamais ma valeur car, plus jamais, je ne pourrais convaincre les autres. C'était inutile de les affronter. Forts qu'ils étaient les autres. Et moi, j'étais rien, qu'une poussière sous la semelle d'un général. Et qu'un zéro dans le cœur de ma mère...

Toutes mes affres d'autrefois remontaient à la lumière. J'étais à peine guérie de cet abandon maternel qu'on arrachait la cicatrice avec le pansement. Une carrière artistique, un dédommagement à ma misère affective ? La vie ne me devait rien ! Qu'est-ce que tu croyais, malheureuse ? Que t'allais devenir une grande artiste ? On ne devient jamais rien de grand quand on a pas eu de mère pour vous aimer ! La société, elle veut pas de vous non plus...

J'ai lutté, lutté... Je me suis débattue... J'ai tout fait pour réussir, pour ressusciter ma confiance en moi. Longtemps, j'ai continué la peinture. J'étais bloquée. Je dessinais toujours aussi bien. Jamais mieux. Je ne pouvais plus progresser. On m'avait planté cette épine dans la tête : faut pas ! Y avait plus que cette ortie qui poussait...

Vouloir, pas pouvoir... Quand on pense au nombre de gens qui prétendent le contraire ! Ils n'ont rien compris ! Qu'est-ce qu'elle leur a donc appris la vie ? C'est vrai que tout le monde n'a pas l'avantage de fréquenter les généraux ! ...

Bien sûr, s'il a tué la confiance, ce sadique, il a pas tué l'imagination. Elle a continué à créer, pour moi seule. Les autres, ils pouvaient plus admirer puisque dans mes yeux ils voyaient le doute... Celui qui doute de lui, comment les autres pourraient-ils avoir confiance en lui ?

Ça m'est arrivé souvent tout au long de mon existence, une vraie existence de tuberculose caverneuse, avec des trous partout qui se rebouchent tout le temps pour se reformer ailleurs. Rien que dans ma carrière de rond de cuir. À cause des sadiques qui notaient mon travail. Je leur trouvais à tous la trogne du général! Alors vous pensez! J'avais beau m'efforcer de ne rien dire, parfois la colère m'empoignait. Je prenais la plume et mon indignation, elle fusait en lettres de feu. Cette fois, je n'hésitais pas: ce que j'avais sur ma conscience et sur la leur, ils l'entendaient! Même qu'ils n'aimaient pas ça. C'est pas dans les usages mondains! Mais quand je tiens la plume par le bon bout, rien ne m'arrête. Tout se fait! Les usages mondains, ma plume elle ne connaît pas. Elle connaît que sa vérité cruelle.

Du reste, « sa vérité », faut pouvoir la dire jusqu'au bout... Y en a qui penseront: « Si vous étiez pas si lâche... » N'est pas lâche qui veut, c'est un docteur (je sais plus lequel) qui l'a dit. Parce que le trac, vous savez ce que c'est? Je me le souhaite, sinon vous comprendrez jamais. C'est une paralysie complète. Plus rien ne fonctionne dans votre intérieur. Vous n'avez plus de salive dans votre bouche, plus d'idées dans votre cerveau, plus d'images sur votre rétine (ou des fausses!), plus qu'un bourdonnement confus dans vos oreilles, plus aucune coordination entre tout ça. Alors que voulez-vous proférer, sinon des inepties qui vous enfonceront encore davantage? Vous êtes absolument coupé de votre interlocuteur qui, lui, continue, comme si rien n'était, à penser, s'exprimer, regarder, entendre distinctement selon son intérêt... Et vous, vous n'entendez que votre cœur qui se démène tant qu'il peut pour vous faire retrouver le bon usage de vos sens... Hélas ! il peut rien... Vous demeurez stupide, muet ou bafouillant, avec la conscience de votre stupidité, la rage de savoir que vous n'en sortirez pas vivant, car l'autre, l'ennemi, il a la situation trop belle pour vous tirer de là. Il sait très bien dans quel bourbier vous vous débattez, il est pas fou ! Mais pourquoi vous tiendrait-il la main ? C'est pas dans ses obligations, au contraire... Et si vous arrivez dans un effort surhumain à prononcer quelques mots, soyez sûr que ce seront justement ceux qu'il ne fallait pas dire : le contraire de ce que vous pensez (lapsus à l'appui), et que vous aurez la douloureuse surprise de vous entendre dire du mal de vous-même à votre chef ricanant...

Celui qui a vécu plusieurs fois ce lamentable processus, il ne recommence plus, il attend l'orage à passer, il ouvre plus la bouche. Il ferme ses volets. En se disant que la revanche, il l'aurait après...

Tu parles !

CHAPITRE 11

Revenons au Général qui m'a fait perdre le fil… Rien n'est plus fragile qu'un fil mental. Quand il s'écoule, plus moyen de l'arrêter, c'est comme les larmes. Dans le temps, quand je pleurais, c'était pendant trois jours de suite, impossible de stopper la marée. Un vrai désastre oculaire. J'aurais bien dû inonder le Général, mais vous pensez, mes sanglots je les ai vite basculés de l'autre côté de sa porte. Pour rien au monde je ne lui aurais offert le spectacle de ma désolation. Il aurait été trop content. Nul regard ne devait se poser sur mon visage catastrophé, surtout pas son œil métallique… Je me mis à errer dans ce Paris inconnu que j'aurais tant voulu habiter et qui me refoulait toujours. J'allais au hasard des rues en enfilade, ne pensant qu'à une chose : laisser s'apaiser mon inondation intérieure, attendre la décrue avant de revenir chez ma mère, car elle non plus n'avait pas à fourrer son nez dans ma douleur, la douleur dont elle était responsable.

Pour me reposer et cacher mes larmes, car je voyais bien que j'intriguais les passants, je rentrais dans les églises qui se trouvaient sur mon passage. Là, je pouvais laisser mes sanglots éclater à leur aise, tout en faisant semblant de prier, et mes larmes, elles ruisselaient jusque sur les dalles… J'espérais bien qu'il en resterait plus quand j'arriverais à la maison. Mais si ma chance était avare, mon corps lui, était prodigue. Quelle peine j'ai eue à me maîtriser ! Fallait surtout pas que je parle : les larmes, ça leur donnait le signal, elles affluaient vers l'estuaire. Heureusement ma mère n'était pas bavarde, ni curieuse. Ce qu'il avait dit, son Spartiate, elle s'en moquait. Il ne s'agissait au fond que d'une chose sans importance pour elle : mon avenir, et que je fasse du dessin ou autre bagatelle, qu'est-ce que ça pouvait lui faire ? Du moment qu'elle n'aurait rien à débourser… Il y avait si longtemps que je vivais loin d'elle… J'étais sa fille juste au regard de l'administration, juste sur les papiers ; le reste, elle l'avait déposé à la consigne, il y avait plus d'une décennie… J'étais pas un paquet de valeur…

J'ai donc réussi à lui faire comprendre avec le moins de mots possible que le général m'avait conseillé de continuer des études normales. C'est tout ce que j'ai pu bredouiller et, en hâte, je suis allée reprendre le métro pour rejoindre Mariette, en continuant de m'essuyer les yeux tout le long du chemin...

Quand est-ce que j'ai repleuré autant avant la mort de ma grand-mère ? Y a des trous dans ma mémoire, elle n'obéit pas non plus celle-là... Ce doit être à la saison des amours, entre les deux je ne vois pas. Les examens, je les ai toujours décrochés du premier coup – sauf concours de dessin, j'en parlerai plus loin –, ce sont même les seules circonstances de ma vie où j'ai pas raté. Vous devineriez jamais pourquoi ! Je vous donne le tuyau si ça peut vous servir. Pas facile tout de même à appliquer, mais infaillible quand on y parvient. Un tuyau méthode Coué avec modification personnelle. Voici. Le matin de l'examen, vous partez avec la résolution suivante : vous jeter dans la rivière si vous êtes recalé. Attention : il ne suffit pas de le penser mollement, sans conviction, faut être fermement décidé ! Eh bien, ne vous tracassez pas, l'instinct de conservation veillera sur vous : il n'a pas envie de mourir ! Il les décuplera vos capacités ! (il est bien entendu que vous en avez, sinon le procédé serait inefficace). Ces jours-là, je n'avais ni trou de mémoire, ni timidité paralysante, au contraire ! Une assurance du tonnerre ! À tel point qu'un prof qui m'avait interrogée sur l'osmose, devant mes yeux ronds, m'a dit : « Je vais vous l'expliquer, si vous répétez bien, je vous mettrai une bonne note ! » Celui-là, c'était un cas rare, car d'habitude les scientifiques, ils ne se laissent pas intimider. Ils sont plutôt du genre sulfurique... Ce brave homme, il m'a sauvé la vie. Parce que les jours d'examen, c'était pas ma réputation que je défendais : c'était ma vie... Une si belle vie ! Ç'aurait été dommage que la France, elle n'ait pas sa fonctionnaire de plus !

Fonctionnaire et peintre raté, et autre chose aussi de raté. Des tas de choses. Comme vous savez, il n'y avait pas que la musique et la peinture qui me passionnaient. La poésie aussi. Mon cœur, il contenait tout ça et ma grand-mère et mes tantes et même ma mauvaise mère. Et les chèvres et les chats...

Mais la poésie, elle tenait beaucoup de place. Une place tout à fait spéciale. Si j'étais fière d'exhiber mes dessins, mes poèmes, je ne les montrais à personne, même pas à mes meilleures amies... Petite, je les écrivais sur un minuscule carnet-réclame, cadeau de mon épicière, lequel ne quittait jamais le fond de ma poche. Quand j'étais trop angoissée, j'ouvrais le petit carnet et je m'envolais au pays des mirages. C'était mon ultime refuge, celui où personne ne pouvait me rejoindre. Parce que la vie, elle est comme ça : un jour elle vous plonge dans le désespoir, et le lendemain, elle vous souffle bien vite à l'oreille le moyen d'en sortir. Comme si elle avait des remords... La poésie, c'était mon tapis magique. Mais pour qu'il demeure efficace, il devait rester secret...

Hélas ! un jour mon institutrice m'a surprise en pleine extase au pied du marronnier : « Qu'est que vous cachez dans votre poche, Sabine ? Apportez-moi donc ça ! » J'ai failli étouffer de chagrin. J'ai tendu mon trésor en tremblant, je ne pouvais pas refuser... Si encore elle s'était contentée de jeter un coup d'œil discret sur mon intimité, mais non, bien sûr, c'était trop amusant ! Mon pauvre carnet, elle l'a savouré avec délice, puis elle a fait partager sa découverte aux autres collègues. Comme les pies, elles se les arrachaient mes gribouillis poétiques. Et tout le monde s'est gaussé aux dépens de mes petits lambeaux de chair sanguinolente. Et comme ce n'était sans doute pas assez humiliant, qu'il fallait écraser dans l'œuf cette « prétention littéraire », le supplice continua. « Depuis quand se permet-on d'écrire en vers quand on fait encore des fautes d'orthographe ? » La belle occase pour une régente ! Elle l'a pas loupée l'occase ! Honte qu'elle m'a fait, devant toute la classe pour avoir écrit à neuf ans : « les chevals et les nénufars »... « Quand on veut rivaliser avec Victor Hugo... »

Victor Hugo ? J'y avais pas pensé...

Chaque fois que ma tête émergerait au-dessus du marasme, il y aurait un traître bien placé pour me flanquer un coup de rame !

À notre époque, on apprend aux jeunes enfants à écrire des poèmes, du moins à les aimer et à respecter leurs auteurs. Je suis née cinquante ans trop tôt ! Bonne chance, les petits d'aujourd'hui ! Dans les années vingt, il n'y avait pas d'enfants-poètes pour les régentes, seulement des candidats au certificat d'études (il a disparu lui aussi). Et le certif fallait pas le louper : l'honneur de l'institutrice était en jeu ! Sa note professionnelle en dépendait en partie, et son avancement par voie de conséquence. Alors elles badinaient pas avec l'orthographe, les régentes ! Deux fautes, et vous receviez votre cahier par la figure ! Je l'ai reçu plus d'une fois, moi qui étais si souvent dans la lune ! Et chaque fois, mon amour-propre ruminait de sombres projets de vengeance. Parce que pour moi, d'une part la violence était inadmissible, et de l'autre, l'orthographe était déjà la science des sots. Sur ce point précis, mon opinion n'a guère évolué.

Je ruminais beaucoup quand j'étais gosse. Les injustices me levaient la peau. J'étais comme les lapins que ma grand-mère dépouillait, vidait et dont le cœur battait encore... Mais je ne me vengeais pas... Eux non plus !

CHAPITRE 12

Revenons à la poésie si vous le voulez bien. Et même si vous ne le voulez pas. Parce qu'aujourd'hui, c'est moi qui commande. C'est rare!

Donc à neuf ans, je me suis mise à écrire en vers. Drôle d'idée pour une gamine! J'avais pas envie de jouer. Pourquoi voulez-vous du reste qu'un enfant ait envie de jouer? Faut-être heureux pour ça. Et les enfants heureux, y en a pas des tas. Je les connais! Vous pouvez être sûr... Seulement tous les parents vous diront: le mien, si! il est heureux! j'en suis certain. Et ils le croient. Parce qu'ils sont dans leur tour, eux aussi. Ils ne voient rien, que ce qui se passe à l'intérieur de la tour. Comme ils sont en général prétentieux ou naïfs, ils affirment qu'ils y voient très clair. Pour tout. Dans tous les recoins de leur âme et de celle des autres. Surtout celle de leurs rejetons. Vous pensez! Manquerait plus qu'ils n'auraient pas mainmise sur les pensées secrètes de leurs descendants. Puisque ce sont eux qui les ont faits !

Personne d'ailleurs ne veut s'avouer ses petits travers et ses grosses erreurs. La maternité-paternité, c'est le sacre de l'Empereur. Le couple royal, il est tout puissant et infaillible. Pas question de lui démontrer que sa couronne, elle est caduque, qu'elle perd ses feuilles, ses perles et le reste ! Il veut rien savoir, le couple ! Y a que les masochistes comme moi. Ceux-là, ils s'accusent même des torts qu'ils n'ont pas. Ils n'ont jamais assez de torts d'après eux. Ça leur fait plaisir qu'on les accuse, à cause des habitudes viciées... Enfin tous les goûts sont dans l'humanité.

Donc, à neuf ans, je composais des vers comme d'autres font des parties de dominos Je ne me souviens plus comment cette idée m'est venue. Je crois que c'est en contemplant la rivière. Tous les jours, sur le pont, je faisais une pause. Ce paysage infiniment calme m'attirait. L'eau, surtout. Parfois j'étais tellement triste que j'avais envie de me jeter dedans. Mais je me disais aussitôt que ma grand-mère serait trop malheureuse. La vérité, c'est que je manquais de courage. Et que j'étais curieuse. C'est fou ce que la curiosité peut empêcher les gens de mourir ! Ils ont tellement envie de savoir ce que le sort leur réserve. Dame ! c'est plein de surprises, la vie… Alors j'oubliais mes déboires et me laissais anesthésier par la petite rivière, les nénuphars jaunes et les coins de ciel bleu. Je les ai mis en vers pour éterniser cet instant. Avec le frémissement des peupliers et les « chevals » qui ont déplu à mon institutrice…

Entre nous, fallait-il que l'esprit de mademoiselle Martin soit colmaté à l'étoupe et au goudron pour m'accuser de prétention littéraire à neuf ans ! Sotte comme sa perruque elle était ! Et si elle ne m'a pas précipitée dans la rivière ce jour-là, c'est que la bêtise, j'étais déjà immunisée contre. C'est aussi que si on a pu tuer beaucoup de choses en moi, la poésie, elle, était vivace : elle a paré à tous les coups. Puisqu'elle était faite pour ça, pour transformer en diamants toutes les chevrotines !

Le poète, c'est un intouchable. Le tuer, on ne peut pas…

Heureusement, toutes les pédagogues ne sont pas bornées comme mademoiselle Martin. Ah ! si j'étais restée dans la classe de madame Durand, ma première maîtresse, la chargée d'école de mon petit village ! Je l'aimais beaucoup malgré sa corpulence qui sentait mauvais l'été, sa voix qui concurrençait celle de Mariette, et ses colères qui me rendaient énurétique. C'était une femme intelligente et qui partageait

– ô prodige ! – mes goûts pour les arts. Quand elle nous déclamait, grandiloquente : « L'œil était dans la tombe et regardait Caïn », j'avais pour elle une admiration béate. Elle m'ouvrait à deux battants les écluses du rêve et je plongeais avec délice dans cette eau miraculeuse...

Madame Durand dessinait, chantait, pratiquait le théâtre, le folklore, tout ce qui était féerique. Elle écrivait aussi, je le sus beaucoup plus tard. Et elle soignait son mari, et elle élevait son fils.

Mais ce jour-là, je lui en ai vraiment voulu. C'était pas parce qu'elle était aveugle que moi je mentais. La Solange, elle volait les cahiers de dessin dans le placard de la classe. Je le savais bien tout de même, puisque c'était moi qui les couvrais de bonshommes ces cahiers, sous prétexte que je dessinais bien ! J'étais promue bouffon de la reine, je devais amuser la Grande Demoiselle pendant les récréations, et écrire deux rédactions au lieu d'une pour passer l'autre à Solange lorsqu'elle séchait. Et maintenant, son imagination diabolique venait de trouver un nouveau plaisir encore plus raffiné : elle exigeait que je vole l'argent de ma tante afin d'approvisionner sa caisse noire. Seulement là, elle dépassait les bornes autorisées par ma conscience, la Solange ! Voler, je pouvais pas. J'étais honnête à cent pour cent. Mais je ne voulais pas être battue par cette chipie. Parce que ma bêtise était grande, je me laissais faire... Les autres aussi laissaient faire... Pas une ne prenait ma défense ! Tout le monde tremblait devant le dictateur ! Et la Solange, elle savait à qui elle s'adressait : elle en profitait de ma bonté... Nerveuse et chameau qu'elle était parce que sa mère avait pris en pension une petite orpheline de l'Assistance. Elle était jalouse de cette pauvre gamine, si douce et si gentille que tout le monde l'aimait. La Solange se vengeait sur moi. Seulement comme tous les dictateurs, elle a exagéré. Voler, je refusais. Alors devant la gravité du cas, dans un sursaut de courage, j'ai tout déballé à madame Durand... les cahiers de dessin, les rédactions, les menaces, les raclées et l'argent de Julie...

Eh bien, c'était trop : elle m'a pas crue...

Les adultes, ils croyaient donc jamais les enfants ? Julie encore, passons, elle était sotte, mais madame Durand ? incapable de distinguer une élève menteuse d'une sincère. J'en fus blessée profondément.

Puisque c'était ainsi, je quitterais madame Durand. Je refusais d'être martyrisée plus longtemps. J'irais à l'école « de la ville ». Des prétextes, on en trouve toujours (je n'osais pas dire la vérité à Julie). Ce ne fut pas bien difficile de convaincre ma tante : beaucoup de choses clochaient dans cette classe de village. Madame Durand était bien trop fantaisiste, bien trop bohème – je dirais même : bien trop intelligente ! Sa négligence et son absence d'hygiène choquaient depuis longtemps Julie. Cette malheureuse institutrice n'étalait-elle pas sous le préau de l'école les draps et vêtements souillés par son mari gazé et grabataire ? Julie ne lui donna pas d'explication : elle me retira de l'école.

J'ai bien regretté. On est jamais content de son sort. Des tourmenteurs, y en a partout ! C'était plus Solange, c'était la maîtresse en personne. Aux antipodes de madame Durand elle était. Mais à dix ans, on ne sait pas que les gens qui vous ressemblent, y en a pas des masses, et que des artistes dans l'enseignement primaire, fallait un télescope pour les trouver[6].

Madame Durand n'a jamais su qu'elle avait formé une disciple, qu'elle avait fait germer un grain poétique. Parce que le grain, il était en moi. D'où venait-il ? Pas de la branche vendéenne : oh ! non !

Alors de l'autre : l'Italienne, celle qui m'a reniée, ignorée. Qui m'imaginait en béton armé parce que j'étais fille de maçon. Tout côté paternel on me voulait, l'esprit comme les yeux.

6. En ce temps-là !

L'idée lui est même pas venue à la branche maternelle que je pouvais lui ressembler. Et la grand-mère pianiste, le grand-père accordéoniste, ils n'ont jamais fait un saut en Poitou pour me connaître. C'était trop loin. Trop cher. Je valais pas la dépense. La musique c'était pas pour une provinciale. Pas plus que les rives des lacs italiens, ni les montagnes du Piémont.

La vie, elle fait des choses comme ça : tout de travers.

CHAPITRE 13

J'ai été pourtant une élève tout ce qu'il y a de plus docile. De plus studieuse. En dehors de mademoiselle Martin, mes maîtres et moi, nous nous sommes réciproquement aimés.

J'ai même eu ma période brillante, avant la crise de l'adolescence qui me ravagea. Tout le monde y passe, vous me direz. Chacun avec la violence qui lui est propre. La mienne était électrique. Tout à coup, j'étais fusée qui fonce vers la lune, tout à coup, j'étais celle qui foire dans la mer. Je brûlais comme une torche ou je coulais à pic. Y avait pas de milieu. J'enflammais mes amies en leur dévoilant mes poèmes (j'avais fini par les montrer), j'essayais de transformer en brûlot de la Saint-Jean ces menhirs granitiques, ou bien je m'envasais dans les fonds sous-marins et je tentais de m'ouvrir les veines avec une lame de rasoir – je ne suis jamais allée jusqu'au bout.

C'est pendant cette période héroïque que j'ai pris la résolution de maigrir en oubliant de manger. Le bon Banania de Mariette, tous les matins, je le versais sans regret dans l'évier...

À ce régime-là, je n'ai pas seulement perdu mes kilos, j'ai perdu aussi la mémoire. Voyageur sans bagages, je suis devenue... Quand j'arrivais en classe, les leçons, je les avais semées en route. Et les professeurs, ils ont commencé par douter. Est-ce que je ne devenais pas menteuse sur mes vieux jours d'étudiante ? Personne ne voulait croire que je les avais apprises, les leçons. Si j'avais appris, je saurais ! L'élève qui travaille, sa mémoire enregistre. Il connaît que ça, le professeur...

Donc, au bois de Vincennes je flânais. C'est-à-dire que je m'installais sur une pelouse et que j'écrivais des vers. Parce que ma cervelle anémiée, elle pouvait pas rester à rien faire. Elle avait horreur du temps perdu. Mais le temps, il était perdu quand même. Parce que le travail cérébral d'une matière grise épuisée, vous savez ce qu'il vaut...

Et le jour où les carnets de notes étaient distribués, comme il y avait des absences injustifiées, eh bien ! je signais le carnet de notes...

C'est pour vous dire jusqu'où peut aller une élève sérieuse quand l'idée fixe de maigrir l'a subjuguée...

La suite de cette histoire, je vous la conterai plus loin. Mais ma mémoire depuis, elle n'a jamais été fidèle. Le moindre surmenage, et crac ! il y a un blanc sur la pellicule cinématographique...

Mes professeurs préférés furent évidemment ceux qui enseignaient les matières que j'aimais. J'ai littéralement adoré le professeur qui m'initia à cette merveille inconnue : les lettres. Pour elle, je me serais fait immoler. Elle avait mon adhésion totale, et je possédais sa confiance : c'est moi qui faisais ses commissions chez la couturière. J'en étais très émue : cela me permettait de lui parler en tête à tête dans les coins... Elle aurait été toute indiquée comme confidente. J'aurais pu lui montrer mes poèmes cornéliens. Elle m'aurait comprise, encouragée, conseillée. Je le savais ! Je le sentais ! J'aurais pu m'engager sur ce sentier fleuri. Eh bien, non ! Quelque chose me poussait déjà à faire les choses de travers, les choses qui avaient à mes yeux pourtant une importance capitale... Ce n'est pas elle que j'ai choisie comme confidente, et cependant j'en mourais d'envie ! J'ai choisi quelqu'un d'autre : le professeur de dessin. Un indifférent. Un réaliste. Il m'a dit : « C'est bien long ! » C'est tout ce que j'ai récolté comme compliment... C'était bien fait. Fallait pas se tromper d'adresse ! Tout de même, il a dû en parler à sa collègue, l'artiste peintre. Car ce jour où j'avais expliqué avec chaleur la double personnalité du poète (dame ! j'y tenais à la double personnalité du poète, je la vivais la double personnalité du poète !), ce jour-là, le professeur bien-aimé a dit à toute la classe ébahie : « Qui sait ? Sabine en est peut-être un ? »

Pendant huit jours, ma vanité, elle s'est nourrie de cette louange. La vanité, ça se nourrit de peu, sinon ça ne pourrait pas vivre.

J'avais assez de chance avec mes professeurs de français. Faut dire qu'en ce temps-là, je savais broder. J'en beurrais des tartines ! Les faits, comment que je les diluais ! Un merveilleux cordon bleu j'étais, pour fabriquer des sauces. Maintenant, je ne saurais plus... En vieillissant, on se ratatine. Mon style, il en a fait autant. Il va droit au but. Pas de temps à perdre ! Il se cabre, il vous saute dessus. À force d'avoir été brutalisée par la vie, je suis devenue brutale. En paroles seulement.

Bon ! vous allez dire : ça ne vous empêche pas de vous écarter du sujet. Peut-être ! Il rayonne tellement d'idées autour du sujet... Donc mon dernier professeur de lettres (je vous fais grâce des autres), il me l'a encore plus soignée ma vanité. Il m'a dit cette phrase stupéfiante :

« Sabine, vous devriez écrire du roman psychologique ! » Où avait-il pris ça ? Je m'en sentais bien incapable ! Où je l'aurais prise l'expérience psychologique ? C'est pas moi qu'aurais inventé un roman psychologique ! Ça s'invente pas pour moi ! Ça se vit avant de s'écrire ! Faut le temps de vivre avant ! Faut les faire les expériences avant de les raconter ! Et même, il faut avoir du recul pour juger ! Sinon qu'est-ce que ça vaut ? La psychologie, c'est du scientifique avant d'être du littéraire. Les mêmes causes produisent les mêmes effets, quand elles agissent sur les mêmes corps... Faut vérifier avant d'affirmer. Sinon c'est de l'invraisemblable. Je sais bien que ça n'arrête pas tout le monde ces considérations, mais moi, j'étais scrupuleuse. Je ne mentais jamais quand il s'agissait d'un domaine pour lequel j'avais amour et respect. S'il m'échappait un mensonge, c'est que je ne le voyais pas.

La musique, j'aimais ça aussi et je me défendais assez bien vu que j'avais pris des leçons particulières de violon. Toutes mes voisines copiaient sur moi les jours de dictée musicale. Mais quand je voulais copier sur elles en histoire, elles cachaient leurs copies. Elles avaient l'entraide à sens unique. Et puis, pour elles, la musique ne comptait pas : on pouvait tricher. Tandis que l'histoire... C'était une matière importante à leurs yeux. L'art, c'était zéro. Cet état de fait a mis longtemps pour évoluer.

J'avais donc de bonnes notes en solfège. Quant au chant : bernique ! Le trac, il était dans ma gorge comme une clé anglaise bien vissée. Le son ne sortait plus, ou alors par le nez, comme ce jour où à l'école primaire, j'avais voulu imiter Zabeth. Pendant un an, je n'ai pas pu chanter autrement. Chaque fois qu'on m'interrogeait, la hantise me paralysait : pourvu que je ne chante pas du nez ! Et crac ! ça y était ! L'idée fixe, elle a mis un an avant de décamper. Si j'avais dit cela à grand-mère, elle m'aurait répondu : c'est le bon Dieu qui t'a punie. Plus tard, l'idée fixe est revenue. Les idées, ça vous entrave les jambes comme les herbes d'une rivière. On voudrait bien s'en débarrasser : elles vous entortillent. Elles ont l'air de flotter inoffensives : pensez-vous ! Elles vous envahissent, vous collent après. Plus vous vous débattez, plus elles vous enserrent, plus vous tirez dessus, plus elles s'allongent. Plus vous criez, plus vous êtes muet.

Plus tard, quand j'ai été seule chez moi, j'ai osé chanter à plein gosier. À tue-tête que je vocalisais en attendant Marcelin. Je faisais des pots-pourris qu'avaient des queues comme des comètes. Un jour, qu'est-ce que j'aperçois ? Le secrétaire de mairie qui m'écoutait, assis sur ses marches de pierre. Je n'en revenais pas d'avoir pu charmer les oreilles de quelqu'un. Mais ça, c'était l'effet de l'amour. L'homme heureux, il rit pas : il chante. Comme l'oiseau. C'est pourquoi passé quarante ans, on ne chante plus guère. Parce qu'on aime plus, ou qu'on veut pas que ça se sache. On chante à l'intérieur...

Et le dessin ? Vous me direz, je croyais que vous étiez bonne en dessin. Trop bonne, comme vous savez ! J'avais aucun mérite. Alors je veux pas insister, ça serait prétentieux. Vous m'en voudriez. Ou alors vous penseriez que je me vante : depuis quand est-ce qu'on est bon en tout. Pardon, pas en tout ! Littérature et arts seulement. Tout ce qu'il y a de plus commun en somme... Pour le reste, je faisais ce que je pouvais, et le résultat dépendait de la tête du professeur, de la sympathie qu'il m'inspirait. Dans l'enseignement comme dans les autres métiers, il y a la même proportion humaine de consciencieux et de non consciencieux, d'intelligents et de non intelligents, d'altruistes et de non altruistes, d'élus et de non élus. Mais les enfants, y en a de plus en plus qui ratent. Pas forcément leurs études du reste, mais ce qui est plus grave : leur vie. Comme moi...

Car moi, avec tous mes talents en puissance, j'ai bel et bien raté. Raté mon enfance à cause de ma mère, raté ma carrière à cause du Général, raté mon avenir à cause du doute...

Et quand on part dans la vie du pied qui rate, aucune raison pour ne pas continuer. Parce qu'on se dit : « Pourvu que j'y arrive ! Pourvu que je ne rate pas ! » Or, la suggestion, vous savez comme elle agit : ce qu'on a peur de rater, on le rate. Automatiquement ! Alors vous êtes enfermés dans un cercle vicieux. Tragiquement. Moi j'appelle ça une tour. C'est moins plat comme image. Mais tout aussi banal.

Donc, ma tour, elle montait de plus en plus. Pour mieux me protéger de la société. Mais y a des inconvénients partout : l'amour, il était dans la société. Et je l'ai raté aussi.

CHAPITRE 14

Julie et Mariette aussi, elles ont raté l'amour. Et c'est peut-être pour cette raison qu'elles détestaient si fort leur belle-sœur. Berthe, à leurs yeux, avait une très grande chance en amour. Une très grande chance partout, qu'elles pensaient. À cause de son caractère tranquille et indifférent qui prenait toujours les événements par le côté humoristique. Tandis que mes tantes, elles dramatisaient sur le champ. Enfin Berthe, elle avait eu la fameuse éducation bourgeoise. Elle avait violoné et brodé à longueur d'adolescence, pendant que ses belles-sœurs trimaient dur dans l'entreprise familiale. Il riait pas avec le travail, le grand-père. À dix ans, il avait été placé dans les fermes de la Creuse, lui l'enfant naturel. Même qu'à table le fermier posait son coude sur la miche pour ne pas qu'il en reprenne... Alors s'il avait réussi à monter une entreprise de maçonnerie avec cinquante ouvriers, ç'avait pas été en se tournant les pouces. Et la Grand-Mère, aidée de ses quatre filles, fallait qu'elle les héberge et les nourrisse les cinquante bonshommes. Drôle d'ambiance pour des jeunes filles, ces êtres frustres qui débarquaient du fond de leur Limousin et qui racontaient sans pudeur leurs bonnes fortunes quand ils avaient un petit verre dans le nez... Julie, ça l'avait marquée, ça et les pots de chambre qu'elle avait vidés. Rien à voir avec l'atmosphère douillette qu'avait connue ma mère auprès de ses parents musiciens. D'un côté la grossièreté, de l'autre la délicatesse. Julie et Mariette, elles n'avaient jamais porté de robes à dentelles, on leur avait jamais permis de se regarder longuement dans une glace. Tandis que Berthe, elle avait eu le droit d'être coquette et de mettre en valeur sa beauté italienne. Des yeux magnifiques et rares qu'elle avait : verts pailletés d'or, qui plaisaient aux hommes. Julie les accusait même de posséder un pouvoir hypnotique qui aurait ensorcelé mon père. Julie, elle employait toujours de grands mots, longs et pointus comme des sagaies.

Donc, la beauté naturelle de ma mère, son goût parfait pour choisir ses toilettes, son chic pour les porter, c'étaient des défauts impardonnables aux yeux de mes tantes. Sans le réaliser, elles étaient horriblement jalouses... Tandis que

Berthe, avec un bout de chiffon se confectionnait une élégance parisienne, ses belles-sœurs, avec du cher et du solide – fallait surtout pas oublier le solide – étaient fagotées comme des paysannes. Elles et moi avec ! Pour se venger, elles proclamaient que « la beauté ne se mange pas en salade ». Non, mais en dessert…

Les deux grands-pères, eux, avaient des points communs qui les rapprochaient : ils étaient tous deux intelligents, et tous deux avaient échafaudé une petite fortune à la force de leurs poignets, car tous deux avaient travaillé « chez les autres » à dix ans… C'est sans doute pourquoi, pour sceller leur réussite, ils avaient eu la malencontreuse idée de marier leurs aînés ensemble.

À la maison, on affublait Berthe des surnoms les plus grossiers : c'était une « sale italienne », une putain, etc. Toutes ces flèches, qui ne m'étaient pas destinées mais qui avaient pour but tout de même de me détacher de ma mère, elles m'atteignaient en plein cœur. Car cette « sale italienne », moi, je l'aimais. Je ne pouvais pas m'en empêcher. Je reconnaissais tout bas que c'était stupide, que mes tantes avaient sans doute raison, que je ne devrais pas aimer cette mère indigne qui m'avait froidement laissée tomber. Et j'avais honte de cet amour défendu. Je le cachais. Mais quand on attaquait ma mère, je ne la défendais pas, tout en souffrant de ne pas la défendre...

Je ne vois pas comment j'aurais pu faire du reste : je n'avais pas d'arguments et mes tantes avaient la langue bien pendue, elles m'auraient répondu dans leur langage de « bistrot » : « Qu'est-ce que tu en sais toi, morpionne, t'étais pas née quand ça s'est passé ! » Et quand j'avais le malheur de tordre la bouche d'une certaine façon, Mariette s'écriait : « Fais pas ça, tu ressembles à ta mère ! »

Fallait surtout pas que je ressemble à ma mère, qu'avait rendu mon pauvre père si malheureux. Rien qu'à lui je devais ressembler. Et pour que la ressemblance soit plus nette, on me tirait les cheveux en arrière. De face, on voyait plus de cheveux. J'avais le crâne rasé comme mon père. Et pour lui ressembler encore plus parfaitement et faire plaisir à sa sœur jumelle (Mariette), je me forçais à prendre une grosse voix. Une voix d'homme : celle de Pierre...

Ma mère, c'était l'image du déshonneur : fallait pas la perpétuer. Mon père, c'était celle de la malchance. Entre deux malheurs, faut choisir le plus propre.

C'est pourquoi Mariette, elle avait caché le visage de Berthe sur la photo de famille en collant un timbre-poste dessus ! Et moi innocent bébé, j'étais assise sur les genoux d'une femme sans tête. Mariette, elle m'avait enlevé ma mère une seconde fois...

Curieusement, je n'ai jamais eu l'idée d'enlever le timbre. J'étais résignée au malheur...

Le rêve le plus lointain dont ma mémoire se souvienne, c'était avant que Berthe ait la généreuse idée de m'abandonner (ou bien au moment précis où elle l'eut ?). Dans mon petit lit de fer à barreaux, avec une flèche comme les cathédrales, je rêvais au sein de ma mère. Et ce sein, objet de mes désirs, devenait soudain un mur froid et lisse. Sur lequel mes petites mains n'avaient aucune prise.

Oui, elles se donnaient beaucoup de peine mes braves tantes pour me détacher de ma marâtre. Hélas ! j'y croyais pas du tout à leurs mensonges. Pour moi, c'étaient des calomnies. C'est comme ça, quand on insiste trop : on éveille la méfiance. Mais j'avais compris qu'il était inutile de discuter ; elles n'en démordraient pas de leurs suppositions. Pour moi, ma mère était égoïste et cynique, mais elle n'était pas une putain. Cette idée-là, elle ne me plaisait pas du tout, j'en voulais pas, je la repoussais ! Je voulais garder dans mon cœur d'orpheline l'image de Déesse inaccessible, mais pas déchue. Seulement le doute, il germait tout de même. Il prenait son temps...

C'est que les putains, moi, j'en entendais parler à la maison. Avec une superbe horreur. Les vieilles filles, c'étaient leurs ennemis numéro un, les putains! Toutes les femmes, mariées ou pas, qui couchaient avec un homme, que croyez-vous que c'étaient? des putes... En dehors de leur amour à elles célibataires, qu'était resté platonique, y avait pas trente-six sortes d'amour pour Julie et Mariette, y en avait qu'un: le répugnant amour charnel. Celui qu'elles avaient refusé de connaître, parce qu'il était « sale ». Ou celui qu'elles salissaient parce qu'il n'avait pas voulu d'elles? Car Julie avait failli se marier deux fois, et chaque fois, à la dernière minute, le fiancé s'était récusé... Elle avait encore dans l'armoire le beau service de table damassé qui avait été acheté pour le mariage... Elle en avait conclu que tous les hommes étaient des vicelards, que seul son amour à elle était pur. Elle se croyait unique en son genre, comme une adolescente qu'elle était restée. Elle était seule à bien aimer, à bien penser, à bien faire, à bien savoir.

Mariette ne pensait pas tout à fait comme Julie au sujet de l'amour. Elle avait eu une expérience dont elle gardait un bon souvenir, avec un ami de mon père… C'est la Grand-Mère qui l'a empêchée de réaliser, elle la jugeait « immariable »… Elle avait eu tort, la Grand-Mère, car Mariette, ça l'avait rendue basedowienne…

Lorsque Mariette était en colère, elle appelait Julie : « Mademoiselle-je-sais-tout », et quand elle était vraiment furieuse c'était : « Fumier de lapin ! » Car Mariette était grossière, ça faisait partie de ses moyens de défense…

CHAPITRE 15

Le sexe, moi je l'ai découvert, comme beaucoup d'enfants, à l'école primaire. J'avais neuf ans. On l'avait déjà, nous, notre professeur d'éducation sexuelle. C'était le fils de l'institutrice. Il nous éduquait pendant les récréations. Parce que sa mère, elle profitait des récréations pour changer les pansements de son pauvre mari, brûlé par l'ypérite en 14... Alors Jean allait au tableau qu'il remplissait de dessins auxquels je ne comprenais rien, et proposait une démonstration sur le vif pour celles qui voulaient vérifier. La volontaire, c'était toujours Solange. Il l'emmenait dans le grenier de l'école. Et quelquefois, ils avaient le temps pendant que les autres – plus mortes que vives – faisaient le guet au bas de l'escalier...

Ça c'est passé comme je vous le dis. Et c'était encore une conséquence de la guerre de 14...

J'ai eu du mal à imaginer que ce tripotage de fesses, c'était ce que l'on appelait l'amour. Et quand j'ai pu réaliser, j'ai tout de suite adopté l'opinion de Julie : l'amour il y en avait deux, celui des autres qu'était sale et le mien qu'était pur comme neige éternelle.

Le sale, j'en voulais pas.

Quant à l'autre, le vrai, c'était déjà pour moi une vieille connaissance...

J'ai eu le sentiment précoce. Mon cœur, il a toujours été pressé. À six ans, il s'était déjà choisi un partenaire. Même qu'il avait les yeux bleus et les cheveux blonds... Et cet attachement, il a duré dix ans. Dix ans de fidélité pendant lesquels je ne le voyais qu'aux grandes vacances...

Toute l'année je vivais dans l'attente de ces deux mois d'été qui me ramèneraient Daniel. Quand « il » arrivait à toute vapeur dans le fiacre du père Mahu et que nous l'apercevions du haut de la colline où nous gardions les chèvres, Mariette et moi, mon cœur d'enfant, il rayonnait comme celui du Jésus de la Grand-Mère. Daredare, nous remorquions les biques vers la maison : c'était jour de fête !

Hélas ! j'avais un ennemi mortel : mon âge... Au début de la vie comme au déclin, les différences d'âge sont fatales... Quand j'eus huit ans, mon époux spirituel atteignit le double...

J'avais beau vouloir le rattraper, j'y arrivais pas. Et quand je lui demandais : « Quand est-ce que j'aurai le même âge que toi ? », il riait… Ça m'humiliait… Puis j'ai compris que l'amour, il était à sens unique… Tant pis ! je continuais à l'aimer. Parfois cependant, énervée, agacée, j'agissais envers Daniel comme envers Berthe quand elle venait : j'étais insupportable. Les gens considéraient alors avec stupeur mon deuxième visage. Premier ? Deuxième ? Comment l'auraient-ils su ? Vrai ? Faux ? Lequel des deux ? Daniel me voyait, moi, la petite fille sage, idéaliste, devenir brutalement outrancière, vulgaire comme mes tantes. C'était ça, sa vraie nature ? Ben non ! c'était la fausse, celle qui mentait, qu'était bâtie de toutes pièces par ma peur animale du bonheur. Fallait qu'il se sauve, le bonheur ! Et pour qu'il me fuît, je prenais une tête de croquemitaine. Fous le camp, bonheur ! C'est bon pour ceux qui ont l'habitude !

C'est comme ça que j'ai encore agi le jour où « il » est venu nous rendre visite à Juvisy…

J'avais seize ans. L'âge de Graziella. Sa pureté aussi. J'étais heureuse de le revoir, depuis quatre ans que nous ne nous étions pas rencontrés. Seulement, il y avait Christine qu'a tout gâché…

Christine, je vous l'ai pas encore présentée : c'était la troisième fille de Grand-Mère. Car

Grand-Mère, elle en avait engendré des filles, pour son malheur et pour le mien.

Ce jour-là, Christine était chez nous. Avec sa vulgarité... Des allusions, je me doutais qu'elle allait en faire. Je le craignais! Je les connaissais ses histoires vicieuses, avec gestes à l'appui! C'était pas une vieille fille, elle, c'était une veuve, elle savait ce que c'était et que les amoureux ils n'avaient qu'une idée en tête: se retrouver tout seuls dans les coins. Et bien entendu, Daniel n'a pas été plus tôt arrivé que les allusions, elles ont jailli comme des flammes du gosier de la veuve. Je ne savais pas où me mettre, ni quoi faire pour arrêter cette lave. Il fallait fuir Christine, entraîner Daniel loin d'elle... « Tu viens dans ma chambre? » lui ai-je dit.

Dans ma chambre! j'avais rien trouvé de mieux! Mais où alors? J'insistais tellement que Daniel m'a suivie. À contrecœur... Secrètement furieux après moi. Et moi donc! Tellement furibonde contre Christine, contre moi, contre la vie, que j'ai été jusqu'au bout du gaspillage... J'ai montré à Daniel mon mauvais visage...

Ce qu'on a fait dans ma chambre? Mais rien! On a parlé de géométrie! Un problème que je ne savais pas faire... Daniel, lui, c'était pour moi un as, rien ne l'arrêtait. Mais il avait beau expliquer, je ne pouvais pas comprendre, ma cervelle était trop chavirée. Je faisais semblant. Et ma voix donc ! Impossible de sortir deux sons convenables. Je répondais par monosyllabes, tout en me maudissant tout bas ; lui avait hâte de sortir de ce cauchemar. Il s'en doutait comme moi des réflexions désagréables qui nous attendaient. Désagréables et ô combien injustes ! puisque nous avions ce point commun : une très haute idée de l'amour. Et je venais de tout démolir en donnant des arguments contre nous à Christine. Pour lui faciliter l'entreprise !

Trois ans plus tard, Daniel m'a écrit... Une si belle lettre pleine de souvenirs de vacances. C'était un tendre, Daniel. Et un mystique. Comme moi... Mais j'ai encore répondu sur le ton qu'il ne fallait pas... et ç'a été fini nos relations.

CHAPITRE 16

Quand j'ai eu dix-sept ans, Julie s'est aperçue que mon affection pour elle se transformait en iceberg. Alors elle est devenue méchante. C'était pas le bon moyen pour me dégeler. Plus elle se montrait blessante, plus je devenais glaciale. Sa rage, elle glissait comme une luge sur mes pistes neigeuses. Remarquez que je n'étais de glace qu'en apparence. Sous cette croûte hivernale, la souffrance romantique, elle bouillonnait comme un volcan. J'avais mal de lui faire mal, mais je ne voulais pas qu'elle sache que j'avais mal. Je le cachais. Je jouais les bourreaux quand j'étais la victime. Je labourais son cœur et le mien par la même occasion. Et le blé de la torture morale, il poussait dru. Car Julie, elle y croyait à mon indifférence. Les parents, ils sont toujours prêts à y croire à l'indifférence des adolescents. Tous, ils se posent la question stupide : « Mon enfant ne m'aimerait-il plus ? »

Parce que l'enfant voit clair, il a l'air de se détacher de sa vieille souche pourrie, mais ce n'est qu'une apparence ! Le gosse, il aime ses parents, même s'il ne le croit pas ! Vous n'avez pas besoin d'avoir la tremblote, il peut pas s'en détacher de son arbre généalogique ! Il voudrait bien, mais il peut pas ! Et c'est aussi sot pour les parents de se demander si leur rejeton les aime encore, que pour l'enfant de se demander si ses vieux l'aiment vraiment. Parce que même ceux qui ne le montrent pas, ils aiment quand même... Sauf ma mère à moi qu'était une exception. Et encore parfois, j'en suis plus du tout sûre, vu que toute sa vie elle est restée muette comme le Sphinx. Allez savoir ! Elle a bien dû s'apercevoir que je lui ressemblais par moments. Pas pour le sadisme, bien sûr ! pour la musique et le silence... En tout cas, moi, je l'ai aimée, malgré ma volonté, celle de Julie et celle de Mariette. Comme je les ai aimées aussi mes deux tantes. D'une autre manière...

Seulement, à l'adolescence, on ne se contente plus de l'affection monocorde de sa famille... Si bien qu'après avoir répudié les caresses de Julie, je me suis tournée vers une amie de collège. Et tous les soirs, après les cours, au lieu de rentrer sagement à la maison, je faisais un crochet par chez Olga...

Olga, c'était une cosmopolite juive espagnole qu'était née en Turquie, qu'avait un oncle en Égypte et des frères en Amérique... Pour mon imagination, je pouvais pas trouver mieux. Elle avait une chevelure presque crêpée, les yeux verts de Pluton et la lèvre d'Éros. De belles petites joues de bébé, et le sourire de la Joconde. Ses grosses jambes déparaient un peu sa silhouette, mais que m'importait le corps ? Je ne regardais que la tête, comme toujours. Si elle était vide, j'avais moi de quoi la remplir !

J'ai passé chez Olga des heures merveilleuses. Si l'intelligence n'étouffait pas mon amie, elle avait la délicatesse du cœur, un cœur pourtant légèrement sadique, mais j'étais habituée... Chez elle, on vivait en vase clos : entre Juifs espagnols ; on faisait exception pour moi ; peut-être parce que j'aidais Olga à faire ses devoirs ? Dans cette maison on parlait espagnol : donc je ne comprenais rien. On vendait des antiquités internationales et toute la villa était tendue de tapisseries turques qui assourdissaient les voix. Pas de hurlements, de criailleries, de bagarres comme chez nous. Je trouvais ça miraculeux, car jusqu'ici je n'avais jamais imaginé une famille où l'on ne s'engueulait pas ! ...

J'étais là comme dans une chapelle où la Vierge aurait joué pour moi la Valse de l'adieu.

Car Olga étudiait le piano... Enfoncée dans un canapé de style (peu importait lequel), dans la demi-obscurité des volets entr'ouverts, j'écoutais avec ravissement les petites mains potelées de la pianiste massacrer Chopin... Mais je n'entendais pas les fautes, juste une mélodie tout à fait assortie à mon état d'âme romantique. Natanaël, Faust, René, Graziella, poussaient de concert mon frêle esquif sur la mer des émotions.

Tous les soirs, j'oubliais l'heure... Je rentrais plus muette que jamais... Et Julie, de jour en jour plus vindicative, me couvrait de reproches et d'accusations. Elle prétendait même m'avoir vue embrasser le frère d'Olga sous un réverbère ! Les frères d'Olga qui n'avaient même pas le droit de me parler ! Tout juste un bonjour rapide sans me regarder ! Ça m'aurait bien fait rire si je n'avais pas eu le romantisme tragique, comme il se doit... Le jeudi, j'allais encore rejoindre mon amie. Quand il faisait beau, nous nous promenions sur les bords de la Marne.

Julie qu'aimait pas les Juifs (sans savoir pourquoi !) se mit à les détester... C'est curieux comme la passion déforme les faits... Son attachement pour moi devenait de la haine, et son attitude était de plus en plus stupide à mes yeux.

Tout cela se passait à Juvisy, car depuis quelque temps la famille se baladait de la Vendée à la banlieue parisienne. Ou plutôt, elle se partageait : Julie d'un côté, Mariette de l'autre, l'une avec moi, l'autre restant soigner la Grand-Mère. Parce qu'il fallait bien les entretenir les maisons du grand-père, les épaves de sa fortune, qu'il avait bâties de ses mains de maçon lorsqu'il était entrepreneur dans la banlieue. Avant de mourir à soixante ans, après s'être battu avec un charretier qui frappait son cheval à coups de pioche... Pas plus brave que ce Limougeot, venu à Paris gagner son pain à l'âge de dix ans... Pas plus juste, pas plus humain. Un que la misère n'avait pas aigri mais au contraire rendu compréhensif... Hélas ! je ne l'ai pas connu... Mais je pense souvent à lui.

Ces changements de domicile m'ont permis de fréquenter beaucoup d'écoles et d'avoir une plus grande expérience des pédagogues. Les élèves aussi font des expériences ! Plus tard, ça leur sert. Plus on voit de monde, plus on connaît la société. Et plus on connaît la société, moins on a envie de voir du monde...

Mon adolescence s'est passée comme ça, à lutter contre le racisme de Julie qu'était pas autre chose que de la jalousie déguisée. Elle souffrait de me voir lui échapper pour toujours. Qu'elle croyait ! Ç'aurait mieux valu pour moi. Mais on échappe pas à ses ancêtres, ils vous poursuivent tout le temps. Même quand ils sont morts. Si je n'ai pas échappé à Julie, elle ne s'est pas aperçue que je lui restais fidèle. Parce que la passion l'aveuglait. Comme ce jeudi où elle cherchait partout la clé du portail et qu'elle ne la voyait pas, persuadée que je l'avais emportée par malice. Elle marchait dessus, elle la piétinait, et ses yeux ne la voyaient pas ! Quand je la lui ai montrée, elle m'a accusée de l'avoir jetée par terre à la minute... Ces coups-là, c'étaient des coups durs pour mon moral. Rien ne me donnait plus des idées de suicide que d'être accusée à tort. Ça, je ne pouvais pas le supporter...

C'est comme ça que j'ai pris un jour une résolution farouche. À la fin, j'allais bien la punir, Julie ! Et je me jetais la tête contre le mur... Se jeter la tête contre les murs, c'est pour vous une image ? Du sens figuré ? Pas pour moi : je l'ai fait ! Au sens propre ! Comme un bélier, je lançais mon crâne en avant... Mais un crâne, y a pas plus solide. Surtout que la volonté, elle a beau vouloir, quand on arrive au mur, on ralentit tout de même un peu son élan... Et j'ai jamais pu l'avoir, ma « commotion cérébrale » ! Juste une bosse, en souvenir. Julie l'a même pas vue. Mon crâne c'était pas un pot de terre, c'était un pot de fer ! Il se cassait pas, il se cabossait. Et j'ai continué à vivre avec mon crâne cabossé.

Non, Julie ne le pressentait pas que j'avais des envies de suicide. Elle pensait même tout le contraire et que j'étais ce qu'elle appelait une « je-m'en-foutiste » sur laquelle tout glissait… Comment peut-on vivre avec quelqu'un et le méconnaître à ce point ? Oh ! c'est facile ! Les adolescents, ils se planquent la personnalité derrière un mur et il faudrait que les adultes voient au travers ! … Enfin ma tante, elle a eu la chance que je me représente toujours ma Grand-Mère au fond de son bocage. Qu'est-ce qu'elle aurait dit, la pauvre vieille, si on lui avait annoncé que j'étais morte avant elle ? C'était pas possible… Et puis il y avait aussi la curiosité…

Ma mère, j'en parle plus. Elle existait toujours, mais j'en avais pris mon parti. J'avais assez de Julie pour me compliquer l'existence.

Julie était repartie en Vendée. Mariette l'avait remplacée à Juvisy. C'était chacune leur tour. Fallait pas qu'il y en ait une plus avantagée que l'autre, sinon les gosses, elles se battaient… J'habitais donc avec Mariette et je passais la moitié de mon temps chez Olga. Ç'aurait pu être épatant, si je n'avais pas toujours été insatisfaite. Et de plus en plus malade. Sans vouloir en convenir. Car les heures que je perdais chez mon amie, il fallait que je les rattrape le soir. À minuit je me couchais pour mener à bien mon travail de classe et mon poème lamartinien. Un tous les jours, s'il vous plaît, sinon je me serais cru déshonorée. Ce régime draconien, il liquéfiait ma matière grise. Le phosphore s'envolait en élégies. Et la mémoire, elle fichait le camp avec les forces et les kilos superflus. En plus, je faisais l'école buissonnière les jours de composition, tant j'avais peur de pas être à la hauteur. C'est que je tenais à ma réputation de bonne élève. Je la voulais inattaquable, ma réputation. Fallait que je reste, aux yeux de mes professeurs et de mes camarades, l'élève sérieuse qui a manqué une composition parce qu'elle était malade, pas parce qu'elle avait des trous de mémoire auxquels personne n'aurait cru. Je savais déjà que la vérité, elle n'est pas facile à prouver, et qu'un trou de mémoire, c'est indécelable, puisque c'est du vide !

Alors, brusquement, ma volonté, elle a encore chaviré. C'était comme si je ne pouvais pas aller plus loin, fallait que je sorte de moi-même. Ou de Juvisy. J'étais à la fois trop bien et trop mal.

Un matin, j'ai dit à Mariette : « Je rentre en Vendée, fais ma valise ! » Pauvre Mariette ! Elle a pas compris ! Comment elle aurait pu ? Elle était faite, elle, pour subir... Elle a même pas demandé d'explication, elle a rien dit, elle a fait la valise. Comme si c'était normal de tout quitter en plein mois de février ! Elle a pas vu mon désarroi – je le cachais sans doute très bien – et puis elle avait l'habitude d'obéir. Peut-être même s'est-elle accusée tout bas de m'avoir contrariée.

Le lendemain, sans rien dire à personne, je suis partie comme une voleuse. J'ai laissé Olga ébahie. J'ai laissé Mariette assommée. J'ai laissé mes profs bien-aimés, et l'ambiance qui me plaisait tant... J'étais trop bien avec Mariette, trop bien avec Olga. Julie, elle me manquait sans doute avec ses reproches et ses accusations... Je suis revenue dans la Vendée de mon ennui...

Grand-Mère, elle se faisait de plus en plus petite dans la maison. On l'entendait plus, la pauvre vieille. Elle ne pouvait plus égrener son chapelet sans s'endormir au milieu. Assise dans son fauteuil, dans l'encoignure de la fenêtre, elle regardait le paysage. « Viens voir, me disait-elle, regarde là-bas, la Sainte Vierge en train de cueillir des pommes, elle en a plein son tablier ! » Son esprit à Grand-Mère, il était rendu au Paradis avant elle...

Mais s'il y en avait une qui jubilait, c'était Julie. Elle avait remporté la victoire sur les Juifs.

Sans se battre. Elle n'a pas compris pourquoi. Ni moi non plus. Ni comment je serais toujours battue d'avance. Ni comment je m'embarrasserais toujours de gens qui me compliqueraient l'existence...

CHAPITRE 17

Oui, j'avais quitté la banlieue de Paris, Paris où je pouvais flâner, Paris dont j'avais rêvé, que j'avais tant souhaité habiter. Paris, paradis de ma mère où, tous les automnes, elle ramenait ma sœur, m'abandonnant encore une fois... Car tous les ans Berthe amenait ma sœur respirer le bon air de la campagne. Elle en profitait pour vérifier si j'étais bien toujours là. Elle ne serait jamais venue spécialement me voir, elle faisait « d'une pierre deux coups ». Et, chaque fois, le couteau se retournait dans la plaie. Julie me disait : « Va chercher ta mère à la gare ! », et je pensais : « Pourvu que je la reconnaisse ! « J'avais toujours peur d'avoir oublié son visage... Mais « la voix du sang », elle parlait ! Jamais je ne me suis trompée ! Du premier coup d'œil, je la reconnaissais ma mère ! Elle était toujours aussi élégante et lointaine, elle m'embrassait toujours aussi distraitement et me flanquait toujours le nez dans le chou-crème qu'elle me payait, pour avoir le plaisir de me plonger le nez dedans.

Quand je disais timidement à ma mère que je voudrais bien repartir avec elle à Paris, elle répondait toujours : « Tu es mieux à la campagne ! » Mais elle, elle ne voulait pas y rester plus de huit jours. Et je pensais : « Vivement que je sois grande pour y aller. » Hélas ! quand j'ai été grande et que j'aurais pu y rester à la ville, je m'en retournais. Je ne pouvais plus faire ce que je voulais : la mécanique s'était enrayée...

Pourtant, une fois fonctionnaire, qui m'empêchait d'aller habiter Paris ? Rien, sinon moi-même. Tout ce qui m'aurait plu allait rejoindre ce qui m'avait déjà échappé : ma mère, Paris, ma carrière, le dessin, l'amour... (celui-là, j'en parlerai plus loin, il mérite un chapitre). Je me disais, en en mourant d'envie : « C'est trop beau pour moi ! »... Et le bonheur me filait sous le nez. Et je devenais de plus en plus sombre. De plus en plus monstrueusement triste, en me disant qu'il n'y avait aucune raison ! Ne pas faire le métier qu'on avait choisi n'était pas une raison suffisante. Vivre à la campagne non plus. Y en tant qui en voudraient du bon oxygène. Ah ! là ! là ! je vous en flanquerais, moi, du bon oxygène ! Amenez-vous dans ma tour-prends-garde, vous verrez l'effet qu'il vous fera le bon oxygène de ma mère ! La même chose que dans les poumons d'un noyé ! Moi, c'était pas de l'eau, c'était de l'ennui. Un ennui si fluide qu'il emplissait toutes les alvéoles, et l'estomac et le cerveau. Il me gonflait comme une baudruche.

Julie, elle appelait ça de la belle santé. Elle était très fière de ma mine florissante ! Mais moi ? « Sale graisse ! que je pensais, j'arriverai bien à te faire fondre ! » Et je me privais de manger. J'ai réussi à les perdre mes douze kilos en une année. C'est comme ça que je suis tombée malade. Mais qu'est-ce que vous croyez ? je me voyais toujours grosse ! Et je ne voulais plus manger ! J'avais plus faim d'ailleurs ! J'étais en train de me transformer en pur esprit ! Mais l'esprit, il m'a joué un mauvais tour : il m'a ramenée en Vendée... Instinct de conservation...

Quand je suis arrivée à la campagne, ma maigreur, elle a pas plu à Julie. Son opinion était qu'il vaut mieux « faire envie que pitié ». Moi je trouvais au contraire très agréable de faire pitié. Tout le monde devient alors gentil, gentil avec vous. Mais il y avait les études... Qu'allait dire le Général si je n'envoyais plus de beaux bulletins de notes ? La santé, il s'en moquait bien, mais les notes ? Alors j'ai suivi Julie chez le toubib. Celui-ci était tout jeune, frais émoulu de la faculté, plein de savoir et d'importance...

Persuadé qu'il serait efficace dans tous les cas... Eh bien, il l'a été, le misérable ! Savez-vous ce qu'il m'a dit ? « Tiens, tiens ! Mademoiselle ne veut pas manger ? Elle soigne sa ligne ? Je vois ce que c'est ! Eh bien, moi, je vais vous faire manger, vous allez voir ! » C'était pas grand-chose, pour vous, peut-être, ces paroles, mais pour moi elles m'ont encore fait basculer... et je me suis remise à dévorer... Il m'avait suggestionnée pour le reste de ma vie. L'anorexie, il l'avait tout de suite remplacée par la boulimie... pour faire plaisir à Julie ! Et mes kilos, ils sont revenus à la vitesse d'un cyclone dans les Caraïbes. Si bien que lorsque je me baignais, mes fesses, elles remontaient toujours à la surface et ma tête, elle coulait au fond... Ce qui réjouissait bien mes amies... Heureusement, mes facultés mentales, elles sont revenues aussi et j'ai pu continuer à envoyer mes bonnes notes à ce brigand de Général...

Un qui n'avait pas eu de chance non plus, c'était mon père. J'en parle pas souvent, parce que j'y pense pas. C'est cruel. Mais comment peut-on penser aux gens que l'on a pas connus ? On a beau faire des efforts d'imagination, ça ne remplace pas les souvenirs concrets. Pour moi, quand j'étais gosse, mon père c'était une image, un soldat dans un cadre. Son visage était rond comme le mien et ses yeux trop grands, comme mes yeux de veaux… Il avait en plus affreusement l'air de s'ennuyer. Comme moi…

Ma Grand-Mère et mes tantes, elles me le montraient souvent pour ne pas que j'oublie. Oublier quoi ? J'avais hélas rien à oublier, sinon que j'avais eu un père dont je ne saurais jamais rien, sauf ce qu'on voudrait bien m'en dire. Les uns m'en diraient du bien, les autres du mal, et je ne pourrais jamais vérifier… Peut-être que je l'aimais sans m'en rendre compte (plus tard, très tard, j'ai réalisé le drame atroce de cet homme). Je ne l'oubliais pas, mais je n'y pensais pas non plus… Je ne pouvais pas ! Quelquefois, tout de même, je faisais un effort et je demandais : « De quoi il est mort papa ? » On me répondait toujours : « De ses blessures de guerre » « Où ça ? », j'aurais voulu des précisions. « Au bras »… « Comment qu'on peut mourir d'une blessure au bras ? »… « Il en avait une autre à la jambe »… « Ah… ». J'insistais pas, sinon mon père, il en aurait eu partout des blessures… Ça m'embêtait, je flairais une gêne dans les réponses… Alors, quand j'ai eu quatorze ans, un jour que j'étais seule chez ma mère, j'ai eu l'idée d'ouvrir un tiroir, dans un petit meuble suspendu dans les WC ! L'intuition ! C'est là que je l'ai découverte la vérité, sous forme d'un certificat de l'hôpital Boucicot, noyé dans les vieilles lettres de mon père, écrites au crayon à encre, dans les tranchées... Je n'ai pas osé tout prendre, à mon grand regret aujourd'hui, car ma mère a brûlé tous ces souvenirs... Je suis partie avec mon trésor. Il est toujours dans mon tiroir de bureau... Mon père, il était décédé d'une phtisie galopante. Il avait attrapé ça dans les tranchées. La famille, elle était comme moi, elle savait pas mentir...

N'allez pas croire qu'il y avait des tuberculeux dans la famille. C'était surtout ça que la famille ne voulait pas qu'on croie. Des tuberculeux, y en avait jamais eu avant lui. Et il ne serait jamais tombé malade sans cette maudite guerre.

Dans l'eau jusqu'aux genoux qu'il était dans les tranchées. Il le racontait à sa femme dans ses lettres, et il lui demandait, vite, qu'elle lui envoie une pipe : il avait perdu la sienne. Seulement la pipe, les colis, les mandats, ils étaient bien annoncés, mais ils n'arrivaient jamais... Savoir seulement s'il croyait, le pauvre, qu'ils avaient été envoyés... Alors le froid, la peur, l'eau, les douleurs, sans pipe, c'était trop dur. Il est devenu tellement malade qu'on l'a évacué. Et d'hôpital en hôpital, il a fini par mourir en d'atroces souffrances. J'avais trois ans. Je ne m'en souviens pas. Mais lui, il a eu le temps de me connaître, de m'aimer, et de se dire qu'il allait m'abandonner dans la vie, sans père, puisqu'il allait mourir. Ça n'a pas dû être drôle, cette mort, pour lui si jeune et si seul. Tout seul sur son lit d'hôpital qu'il est mort, pendant que sa femme vadrouillait en Italie... Il a dû penser que sa fille, elle se rappellerait même plus du visage de son père. Encore heureux qu'il y avait la Grand-Mère et les tantes pour me rafraîchir la mémoire. Et cette photo de soldat pendue dans la cuisine, avec dans le regard toute la détresse de la terre. La terre qui se défilait déjà sous ses pieds...

Ma mère, elle, avait eu une sacrée chance : son mari qu'elle aimait pas, il était mort, lui laissant une pension de veuve, pour vivre avec son deuxième enfant qui n'était pas de lui (paraît-il). Et moi, si je n'avais pas eu la Grand-Mère, j'étais toute désignée pour l'assistance publique. Remarquez qu'un jour, j'ai bien failli m'y retrouver. Berthe, elle s'était disputée avec ses belles-sœurs. Et Julie, en colère, lui avait répliqué : « Eh bien, t'as qu'à la reprendre ta Sabine ! ». Et Berthe, elle a pas hésité, elle m'a emmenée directement voir les bonnes sœurs de l'Assistance. Je me souviens des hauts murs, de la grille, et des enfants en tablier gris qui jouaient derrière... Et aussi de la sœur qui nous a reçues avec sa grande cornette blanche et son sourire côté rue… Mais on prenait pas de pensionnaire aussi vite, fallait faire des démarches… La bonne Grand-Mère, elle a eu le temps de revenir dare-dare me chercher. Sinon, je me serais retrouvée enfermée là, jusqu'à ma majorité… J'ai eu de la chance, mais je ne sais jamais la reconnaître ma chance. C'est jamais cette chance-là que j'aurais voulue. Toujours celle qui n'était pas possible…

Mon père, à voir son visage encadré, il devait être comme moi : pessimiste. Je tiens de lui. Fallait bien qu'il me laisse un souvenir pour ne pas qu'il meure complètement. Un autre trait de son caractère sur lequel même Berthe était d'accord, c'était sa bonté extrême : « Il aurait donné sa chemise ! » disaient les femmes des deux tribus : la française et l'italienne. Faut croire que c'était vrai, pour faire l'unanimité… Ça ne fait rien, si j'avais pas fouillé dans ce meuble des WC de ma mère, j'aurais jamais su de quoi il était mort. Parce qu'en ce temps-là, la tuberculose, c'était une maladie honteuse, comme la petite vérole. Fallait jamais avouer qu'il y avait un tuberculeux dans une famille. Ni un fou du reste. Les gens sont comme ça, ils placent leur orgueil là où il n'a rien à faire. Ils cachent, ils mentent. On ne changera pas la nature humaine. Y a que les microbes qui changent...

Par contre, curieusement, si Julie n'a jamais dévoilé de quoi était mort son frère, elle s'étendait complaisamment sur sa « danse de Saint-Guy »... La danse de Saint-Guy avait ses lettres de noblesse. Mon père avait eu ça en pension, parce qu'il était difficile pour la nourriture (Tiens ! moi aussi !). Il avait horreur du poisson et, au collège, on lui mélangeait le poisson avec les nouilles qu'il adorait, pensant qu'il avalerait le tout sans s'en apercevoir. Non ! ce qu'il y a des gens stupides. Résultat : il ne mangeait rien. Et de faiblesse, un jour il est tombé en « digue-digue » (expression de ma tante). Mais le plus surprenant, c'est que parfois Julie ajoutait : « Ta mère aussi l'a eue, la danse de Saint-Guy ! » Pendant qu'on y était ! La famille, elle s'embarrassait pas avec les coïncidences ! Et Julie n'était pas à une invention près !

CHAPITRE 18

Les souvenirs, c'est comme les crabes : ça marche jamais droit. C'est pourquoi je zigzague. Voilà que soudain remonte à ma mémoire une chose importante : mon amour du dessin...

Ne croyez pas que le Général, je lui ai obéi tout de suite. J'ai d'abord fait semblant. Pour m'illusionner. Et tout en continuant mes études classiques, je persévérais dans mon projet : faire « du dessin ». Puisque les Beaux-Arts semblaient l'effrayer, ce profane, je me suis rabattue sur les Arts décoratifs. « Si je suis reçue au concours, que je pensais, il sera bien obligé de s'incliner ! » C'était pas mal raisonné. Mais fallait-il être reçue. Et la décoration n'était pas mon fort. Une mauvaise idée que j'avais eue là de me présenter où j'avais le moins de chance...

Remarquez que, à part le papier peint (je détestais ce genre) et la géométrie dont j'ignorais le programme (pas eu l'idée de le demander !), j'ai été très bien notée. Je tiens à vous le dire pour préserver ma dignité. Ma dignité, elle n'est pas en cause. Un excellent plâtre que j'ai fait et une très bonne étude d'œillet d'Inde. Pas facile l'œillet d'Inde ! J'étais plutôt contente de moi. Mais j'ai raté bêtement deux questions sur cinq en géométrie, quand tout le monde avait cinq sur cinq, vu que les autres candidats connaissaient le programme : ils sortaient d'une école préparatoire et ça faisait des années qu'ils se présentaient au concours ! Moi, j'étais la naïve provinciale qui débarquait avec ses illusions et son ignorance. Et c'était un concours en plus ! On prenait vingt candidats sur le tas. J'étais vingt-quatrième, à quinze ans, un record presque !

Eh bien, curieusement, ce refus, je n'en ai pas fait un drame, et voici pourquoi : c'est qu'entre la première heure et la dernière de ce concours, ma mentalité, elle avait changé.

L'ambiance décontractée de ces jeunes Parisiens (enfants de familles aisées qu'on avait recasés là parce qu'ils n'aimaient pas les études sans doute), habitués aux concours et à la rigolade, elle m'avait fait me recroqueviller dans ma coquille campagnarde. Je ne savais plus où les mettre mes pieds maladroits, mon air perdu et mes vêtements démodés. Et les Parigots effrontés, ils s'en privaient pas de me chahuter. La belle occase ! Aussi quand j'ai enfilé mon vieil imper après la dernière séance, eh bien, vous le croiriez peut-être pas, j'ai fait un vœu : ne plus jamais remettre les pieds dans cette rue d'Ulm ! C'était ça les artistes ? Ces bavards, ces sans-gêne, ces sadiques ? Quelle déception ! Moi et ma devise de Michel-Ange, on était ulcéré ! Dame ! on m'avait pas habituée à blaguer chez mes tantes. Tout au sérieux qu'on prenait. Tout au dramatique, comme dans les feuilletons de Julie, dans lesquels les plafonds descendaient sournoisement sur la tête des prisonniers du château... Alors, tant pis pour les Arts décoratifs, d'abord c'était pas ce dessin-là qui me plaisait.

Et je suis retournée au collège (non, au lycée) le cœur léger comme celui qui a fait son devoir et qui n'a rien à se reprocher. D'ailleurs, une autre matière que le dessin me passionnait et j'y brillais tout autant : la littérature... Je me consolais comme je pouvais. En réalité je n'avais pas encore abandonné l'idée du professorat de dessin. Mais je prendrais un chemin détourné et voilà tout. Les vieux rêves, avant de mourir, ils ont des sursauts de chat écrasé. Je me dis qu'une fois terminées les études du général et munie des saints sacrements, je continuerais tout en gagnant ma vie et en toute liberté... La liberté!... Je faisais partie des gens qui ne l'auraient jamais.

N'importe comment, il n'était pas question pour moi de rester aux crochets de ma Grand-Mère (qui vivait de ses petites rentes) et de mes tantes qui n'avaient jamais travaillé autre part qu'à la maison (donc aussi aux crochets de leur mère). Je leur avais coûté assez cher. Elles en avaient fait des sacrifices pour mes études. Je m'en souvenais des fins de trimestre petit-rentier! Et du jour où j'ai dû aller vendre mon premier violon pour payer mon car, sinon je ne pouvais plus rejoindre mon lycée... Je le revois le grippe-sou, qui me l'a payé vingt francs quand il en valait soixante (d'après le luthier). Mais les choses quand on les vend, elles valent rien... Essayez donc de vendre votre collection de timbres, vous verrez...

Donc quand j'eus en poche mon diplôme de brevet supérieur (il n'existe plus aujourd'hui mais, je vous l'assure, il était d'un niveau supérieur au bac actuel), je ne voulus plus être à la charge de personne. Et dès le début des vacances, je cherchais une place « au pair ». Je ne voulais même plus passer l'été au village... Pas de temps à perdre! Je débutais dans la vie active sur les chapeaux de roues.

CHAPITRE 19

C'est ainsi que je devins pour deux mois préceptrice dans une maison bourgeoise. Quatre loubards à surveiller et à faire travailler...

Quand j'ai débarqué avec mon vélo et ma petite valise, l'aîné des gosses me toisa dédaigneusement et me dit : « C'est pas facile de commander ici ! » et il me tourna les talons... J'eus envie de remonter sur mon cheval illico ! Puis je me suis ressaisie : on verrait bien !

L'ennui, c'est que je n'avais pas la langue aussi bien pendue que ces enfants-là. Ils se sentaient chez eux, et de plus en vacances ! La bonne blague de vouloir les faire travailler ! Des idées de parents ignares. J'ai vite compris : j'ai pris le parti des petits et je les ai laissés tranquilles.

Heureusement, les patrons étaient très occupés. Lui, consul d'Espagne et en plus commerce en gros de je ne sais plus quoi. Elle, en visites et en réceptions... Ils n'ont donc pas vu ou voulu voir mon inefficacité... On ne peut pas dire : ils étaient plutôt chics. De l'éducation anglaise, stylée. Très bien vue j'étais, mangeant à la table des maîtres, prenant le thé avec Madame, ou sans elle lorsqu'elle était absente. Dormant dans la chambre du fils aîné parti aux États-Unis, me baladant dans ce château comme chez moi et peignant tout ce que je pouvais : coins du parc, enfants, natures mortes et même la tête du grand-père un jour que je n'avais rien d'autre...

Ah ! la mauvaise idée que j'ai eue ce jour-là ! Parce que le vieux, il ne se voyait pas si ringard que ça ! Et si j'avais eu envie de faire son portrait qu'il a pensé, c'est que sa tête elle me plaisait et le reste avec... Et voilà que les idées folichonnes germent dans sa cervelle. Le voilà amoureux de mes vingt ans ! Et moi qui ne voyais rien comme toujours ! Et loin d'imaginer ! Vous pensez, s'il était sorti des rangs avec ses soixante piges ! Si bien qu'un soir, pour que je comprenne, il m'a tâté les fesses...

Non, vous dire l'impression que j'ai ressentie... Le cafard que j'ai eu pendant au moins une semaine... À m'en redonner des envies de suicide. Que ce vieux cochon ait osé croire... Qu'il n'ait pas compris que je n'avais vu en lui qu'un modèle éventuel, qu'en plus je ne le trouvais pas du tout séduisant ni même sympathique, mais pour dessiner on ne choisit pas toujours et du reste, je n'avais pas le choix ! Je n'arrivais pas à supporter ce fardeau. Et ma timidité qui m'avait rendue muette... Incapable de le remettre en place : les mots restaient coincés dans ma gorge... Et je me disais qu'il allait recommencer... Et tout le monde s'en apercevait de son embrasement pour ma jeunesse... Les valets, ils rigolaient, c'est même eux qui m'ont ouvert complètement les yeux : « Vous voyez pas qu'il vous aime, ce vieux fou ? Regardez-le ouvrir les portes devant vous ! Et faire ceci, et faire cela. » Gênée que j'étais. Ç'aurait pu m'amuser, s'il ne m'avait pas mis la main aux fesses, mais ça, je ne pouvais pas le digérer. Car c'était me rappeler l'amour des putains de Julie ! Et peut-être qu'il me prenait pour une pute ? Moi qui n'avais encore jamais embrassé un garçon !

Ce vieux, il m'empoisonnait la pureté. Heureusement sa fille s'est aperçue de son manège. Comment qu'elle l'a rabroué son père ! Pas devant moi, mais j'ai remarqué tout de même les regards foudroyants qu'elle lui décochait en douce. Et le valet qu'écoutait aux portes, comment qu'il se distrayait ! Il me racontait que l'ancêtre, il s'était ruiné avec les femmes : plus rien qu'il possédait, juste sa moto sur laquelle il m'avait proposé une virée. Le porte-bagages, c'était bien assez confortable pour une fille pauvre, pas vrai ! Est-ce qu'il l'était pas lui aussi, pauvre ? Et aux crochets de ses deux filles bien mariées ? Content de pouvoir enfin se prélasser dans des châteaux ?

Le consul, par contre, c'était quelqu'un de bien. Intelligent, compréhensif, plein de vie et de gentillesse. Jamais là, qu'aux repas de midi. Sa cervelle, elle continuait à fonctionner en même temps que ses maxillaires. Et ses fils, il fallait aussi qu'ils la fassent fonctionner leur cervelle. Je m'en souviens du pauvre cadet, qu'avait pas hérité de son papa pour la célérité de l'intellect, surtout côté latin. Pendant tout le déjeuner qu'il les allongeait ses déclinaisons latines. Le paternel, il voulait pas qu'on puisse penser qu'il ne s'occupait pas de ses enfants. Tant pis si le gosse, il digérait pas plus le canard aux navets que les méandres du latin. Fallait tout avaler sans protester en ce temps-là. Même les vers dans la salade. C'est pas poli de les laisser sur le coin de l'assiette.

Avec moi, le consul était très homme du monde. Parfois, il m'emmenait dans un magasin et me payait tous les tubes de peinture et les cartons dont je pouvais avoir besoin. Il n'était pas obligé... Je n'en abusais pas du reste, j'osais à peine en profiter. Je n'avais jamais rencontré une telle générosité. Je crois qu'il m'avait reconnu un réel talent. Il m'avait dit une fois : « Quand vous passerez votre professorat, avertissez-moi. Je connais le ministre des Beaux-Arts ». C'était on ne peut plus clair ! Le ministre des Beaux-Arts : parfaitement ! C'était à ne pas croire...

J'ai pas cru ! Une chance pareille pour moi ? Je rêvais ? D'ailleurs qu'est-ce que ça insinuait ? Que j'étais pas capable de m'en tirer toute seule ? Ah mais ! J'avais besoin de personne ! Même pas d'un ministre ! Mais j'ai rien dit. Merci seulement. Tout en sachant très bien que je ne m'en servirais pas de son ministre... Parce que, lorsque je rencontrais la chance, même une chance colossale comme celle-là, je la minimisais. Elle devenait minuscule, improbable, vexante même ! Microscopique : comme le goujon du héron. J'étais persuadée que je pouvais très bien arriver toute seule, comme Cyrano... Et je ne rencontrais plus que des lumas[7]... comme le héron !

Mais le don ? Je l'avais ! Le piston, c'est pour ceux qui ne l'ont pas ! Que je pensais. J'avais pas perdu mon pucelage de naïveté. Solide qu'il était celui-là, à toute épreuve...

C'est vrai que j'étais douée. Pour dessiner. Pas pour me battre. Et sans doute non plus pour faire confiance...

---

7. Escargots en poitevin.

Cette famille voulait m'aider. On m'offrit de me prendre au pair toute l'année. Je pourrais aller aux Beaux-Arts la journée et m'occuper des enfants le soir. D'abord j'acceptai. Puis je réfléchis. Trop. Mal. Il fallait bien que je trouve encore une raison de rater. Ce fut le souvenir de la main aux fesses qui la suscita. Ce vieux qui allait me poursuivre de ses avances, qui m'aurait tous les soirs à dormir dans la chambre contiguë à la sienne ? Non, je n'en supportais pas l'idée... Enfin, c'est ce qui fit pencher la balance du mauvais côté...

Je décidais que j'allais demander un poste dans l'enseignement primaire et que, parallèlement, je préparerais seule le professorat...

Et je refusai l'offre mirobolante du consul...

Justement, cette année-là, on manquait d'institutrices en Vendée. J'arrivais pile. J'étais casée. Pour longtemps...

J'ai travaillé, mais mon traitement, je l'ai dilapidé... Je n'ai pas réussi à faire les économies escomptées... Et j'avais de plus en plus peur de ne plus pouvoir repartir, en même temps que je faisais tout ce qu'il fallait pour ne plus repartir.

Et je souffrais d'agir aussi bêtement, sans pouvoir réagir. Jusqu'au jour où ce fut trop tard...

CHAPITRE 20

C'est ainsi que je me suis enlisée. Oh! pas sans m'être débattue. Longtemps j'ai sauvé les apparences. Vis-à-vis des autres et vis-à-vis de ma conscience. Tous les jeudis, tous les dimanches, toutes les veillées, toutes les vacances : je dessinais. Et j'apprenais la perspective, l'histoire de l'art, l'anatomie. J'aimais ça, sauf les os ; ça ne me disait rien de dessiner des humérus, ma mémoire rechignait. Fallait la forcer. Elle était restée amnésique depuis qu'elle avait été privée de cacao...

Le jeudi, en plus, j'allais aux Beaux-Arts de Nantes, comme élève libre. En vélo bien sûr. Faire du nu. Parce qu'en Vendée, pour trouver un modèle qui veuille bien poser sans culotte... Alors je grimpais sur mon vélo de curé et je me rendais en ville.

Le directeur était charmant. Il admirait mon courage. Il m'assurait que j'étais douée, mais que six heures de cours par semaine... Je ne pouvais pas plus ! J'étais régente en attendant d'être prof ! J'oubliais pas... Mais chaque fois que j'envisageais cette perspective lointaine, quelque démon me soufflait « non ! », par-derrière... Ce rêve-là, il était en train de pâlir comme une vieille photo dans un portefeuille. C'était trop beau pour moi.

Et pour donner raison à ce pressentiment, je me précipitais dans les magasins et je dépensais tout mon pauvre argent de suppléante. Une frénésie de dépenses m'envahissait. Une fringale d'achats, une idée fixe, suicidaire : acheter, acheter jusqu'au dernier centime et même après... Alors que j'avais décidé d'économiser, alors que tout mon avenir dépendait de mes économies...

Éblouie que j'étais, comme une midinette, par tous ces objets rutilants, attrape-nigauds pour cervelles débiles, et dont jusqu'ici je n'avais jamais pu m'offrir le moindre spécimen. Je n'avais jamais eu le plus petit sou jusqu'à vingt ans. La nature se vengeait. Un jour ou l'autre, faut qu'elle se venge...

Mon traitement de fonctionnaire me semblait inépuisable. Tout le monde ne disait-il pas que les fonctionnaires étaient bien payés ? (C'était en 1936.) Moi, le poète dans les nuages, je n'avais même pas vérifié quand je m'étais engagée dans la fonction publique. Je lui faisais confiance à mon patron, l'État ! Il n'était pas un voleur ! Et mes huit cents francs mensuels[8], que n'importe quel marchand de berlingots empochait par jour, pour moi c'était la fortune à Rothschild. Avec laquelle je comptais satisfaire tous mes besoins et ceux de mon bas de laine...

Il y a des vérités élémentaires difficilement assimilables : on ne peut pas tout faire avec la même somme. Même avec de l'imagination, ma fortune n'était pas extensible. Alors j'ai acheté à tempérament... Des meubles pour enfin habiter chez moi (j'étais à l'hôtel), un poêle parce que j'étais frileuse, un butane – il faut bien manger – et un poste de radio pour entendre de la bonne musique...

Tout à la fois !

Et le quinze du mois, il me restait cinq sous, comme à Lavarède. Alors, je me cachais quand j'apercevais la serviette noire de l'huissier... Et l'oreille basse, j'achetais mon pain et mon lait à crédit. Et je faisais cuire les orties du jardin pour remplacer les épinards, parce que mon estomac était pire que l'huissier : il ne faisait pas crédit...

8. En francs de l'époque.

Voilà comment je n'ai pas mis un sou de côté...

Aurait fallu tout plaquer ! Partir ! Seulement, y avait les meubles, le poêle, le butane, la radio... Et la liberté !

Elle comptait la liberté, celle d'agir à sa guise, même de travers. J'y tenais ! Julie et compagnie, adieu ! À l'autre bout du fais ceci ! fais cela ! mets ton chapeau ! mange, tu vas maigrir ! prends tes pilules, etc. Comment n'aurais-je pas apprécié ? Comment je ne me serais pas endormie béatement sur mon matelas de foin des Galeries Barquès ? Bien sûr, il y avait les difficultés d'un métier dont j'ignorais tout. Tous les nuages maintenant, ils s'accumuleraient par là. Mais patience ! J'en sortirais !

Institutrice, c'était pas si mal que ça, pensez-vous. C'était le métier qui se rapprochait le plus de celui que j'avais choisi : professeur de dessin. C'était son frère jumeau. Mais c'est pas parce que deux frères se ressemblent qu'on est obligé de les aimer tous les deux.

Je n'ai même pas tenté l'examen du professorat premier degré... J'aurais pu, je l'avais préparé ! Ma chance, elle aurait pu être bien disposée ce jour-là.

J'ai douté. Je n'avais plus confiance en moi. Et la mémoire ? Les tours pendables qu'elle m'avait joués lors de mes dernières interrogations orales! Si je m'en étais tirée, c'était grâce à mes dons en français et aux accessoires. Un quart en histoire j'avais récolté! Et cette labiée avec sa tige carrée que j'avais pas vue! Le trac! Voilà que mon invention de noyade, elle fonctionnait plus, et le trac il se vengeait, il ne m'abandonnait même plus les jours d'examen. Crac! il coupait les communications entre l'œil et le cerveau! Parce que vous pensez bien que je le savais qu'une labiée avait la tige carrée! Le professeur l'avait assez répété qu'il fallait être bouché pour ne pas reconnaître cette plante un jour d'examen! J'étais parfaitement de son avis au professeur, loin de penser que cette vacherie c'est à moi qu'elle arriverait, tout ça parce que l'examinatrice avait l'air d'un toréador dans une arène...

Alors pour l'anatomie, j'ai eu peur. J'avais plus le courage d'aller dans l'arène.

Institutrice, c'était donc pour moi une vocation provisoire. J'avais bien envie d'enseigner, mais pas n'importe quoi: les arts, pas les règles du participe passé, ni les tables de multiplication, ni les beautés de la colonisation. Et tout ce qui était conformisme, règlements, systèmes, principes, contraintes et disciplines: je détestais! J'avais bien choisi! Et répéter comme un disque rayé : j'avais pas cette qualité-là. J'en avais d'autres : des inutiles, des encombrantes. Par exemple le côté psychologie m'intéressait, mais celui-là, tout le monde voulait l'ignorer, les inspecteurs comme les collègues, personne n'en avait entendu parler. Freud, y avait que moi qui connaissais. Freinet aussi...

Tout de suite, les impossibilités ont dressé un mur devant moi. Tous ces gosses qui n'avaient pas les mêmes goûts, ni les mêmes capacités, ni le même caractère, ni la même vivacité d'esprit, il fallait leur faire apprendre les mêmes choses dans le même temps, et exiger les mêmes résultats. C'était idiot. Prétentieux. Impossible. Mais comme j'étais scrupuleuse et honnête, je passais la moitié de mes nuits à essayer de résoudre ces problèmes insolubles... Ah ! si j'avais eu quelques encouragements, quelques bonnes paroles évangéliques, mais j'avais rien...

Les premiers jours d'abord, l'aventure m'a passionnée. Dans cette ambiance inhabituelle, j'ai été plongée dans l'euphorie. C'était trop drôle, ce passage brutal du banc de l'élève au bureau de la maîtresse. Quand le fou rire m'empoignait, je me cachais derrière le tableau !

Les fillettes étaient bien mignonnes, bien dociles. Et puis ma jeunesse leur plaisait. Faut dire que je remplaçais une dame qui attendait sa retraite. Les enfants préfèrent les jeunes. De plus, je dessinais beaucoup. Tout ce qui leur paraissait incompréhensible, si c'était faisable, je le traduisais en croquis. C'était plus rapide et plus efficace qu'une longue explication. Mais, hélas, tout ne peut pas s'interpréter ainsi ! Et je me suis aperçue qu'on était élève toute sa vie...

Et puis un jour, même si je n'y pensais guère, le CAP arriva. Parce qu'il ne suffit pas d'oublier les événements désagréables pour les éviter...

Quand on est artiste, on subit à l'extrême toutes les influences. Celle du printemps en particulier. On a plus envie de travailler au printemps. Comme les enfants, on a envie de courir les champs et de cueillir des pâquerettes !

C'est ce moment-là qu'il a choisi, le Commandeur, pour venir m'examiner. Car une fonctionnaire doit bien entendu ne jamais subir l'appel du printemps !

Toutes griffes dehors, comme un méchant chat pelé, il me tomba sur l'échine. Et pas seul qu'il était : il amenait des renforts. Des renforts bien choisis, pas du tout légaux, qu'on m'a dit plus tard. Ah ! ah ! si j'avais su ça ! Au lieu de convoquer deux collègues comme il le devait, il amena simplement sa femme et une amie de sa femme, en pension chez eux ! Mais pourquoi qu'il se serait gêné ? Qu'est-ce qu'on risquait avec moi, l'ignorante, l'utopiste, la rêveuse? Dire qu'il y a des inspecteurs qui sont poètes! Pas de danger que je serais tombée sur ceux-là. Ma veine, elle veillait...

Imaginez le désastre: on était un samedi tantôt, veille de congé de Pentecôte et jour de retraite de communion pour les enfants. Je n'avais pas la moitié de mon effectif, l'autre était chez le curé! Il pouvait pas mieux faire, le Commandeur, il s'était surpassé en calculs de probabilités!

Vous devinez que dans ces conditions, je ne m'étais pas fatiguée à préparer ma classe. J'allais pas faire des leçons à une moitié d'enfants, quand par-dessus le marché, on était un samedi tantôt et une veille de Pentecôte et qu'il faisait un soleil de juin à les emmener tous en vadrouille dans la nature! Quel dommage que cette idée ne me soit pas venue! Que je n'aie pas marqué au tableau: « La classe est partie visiter le château de Barbe-Bleue! » La tête qu'il se serait payée le Commandeur! Mais non, j'avais eu une autre idée: « Chic, que j'avais pensé, on va faire du dessin, de la musique et de la gym! » C'était pas du tout ça qui était à l'emploi du temps, mais pour moi c'était sans importance, je m'adaptais aux circonstances. Et puis les élèves adoraient tout ça. Ils trouvaient chouette une jeune régente qu'avait pas les articulations rouillées, qui jouait du violon et qui croquait ses élèves. C'était rare dans les années trente, les instits qui aimaient les arts et les pratiquaient. Elles étaient même plutôt anti-arts, vu qu'on avait pas besoin de « ça » pour le « certificat » !

Si habituellement, je me donnais assez de mal pour préparer ma classe, ce samedi-là, je n'avais rien préparé du tout. Ç'aurait servi à quoi, du reste, d'écrire sur mon cahier : dessin ? On le verrait bien puisque les dessins je les accrochais au mur ! Pour les corriger ensemble. On les comparait, sans regarder les noms. Les gosses, ils étaient très bons juges, et très fiers d'être consultés.

Non, je ne m'étais pas méfiée. Comment aurais-je pu imaginer qu'un inspecteur qui témoignait de tant d'esprit dans ses conférences, pourrait s'abaisser à utiliser un procédé aussi mesquin ? Aucun de mes professeurs n'avait jamais employé en classe, de tels moyens... Alain l'avait bien dit : « Le métier de surveiller rend stupide et ignorant. »

Quand le jury arriva à deux heures et des poussières, j'étais encore dans la cour à bader[9] au soleil avec mes enfants. Quand j'ai aperçu ces trois visages de fouines qui fonçaient der-

9. Badàe, en poitevin : bayer aux corneilles.

rière leurs lunettes, j'ai compris ma douleur. Ma douleur, elle avait choisi ce jour de printemps…

« Préparation de classe ? pas faite… Emploi du temps ? pas suivi… Vous aviez une leçon sur la balance aujourd'hui ? »

La balance ! Un jour de printemps ! On voit bien que ce n'était pas moi qui avais fait la répartition mensuelle, mais ma collègue âgée. Moi, au printemps, je parlais des fleurs…

J'ai dû improviser sur la balance romaine avec sa double pesée, que je triplais dans mon émotion. À quoi elle pouvait bien servir cette double pesée ? Un trou…

Après on m'interrogea sur la leçon de géographie au cours élémentaire… qui devait être concrète ou abstraite ? Naturellement, je dis l'un pour l'autre et recueillis un murmure de désapprobation… Pouvait-on être plus nul ? On me posa ensuite des questions administratives, mais devant l'élargissement de mes yeux, on n'insista pas. J'étais vraiment indigne d'être torturée…

Il y eut alors un court conciliabule au fond de la classe et l'on m'annonça que je repasserais l'année suivante.

On m'avait consciencieusement emmerdée pendant trois heures.

Je ne considérais pas cet examen comme important, puisque ne voulant pas rester dans la corporation, je ne l'avais même pas préparé ! Mais ce qui m'humiliait, c'était d'avoir été traitée aussi cavalièrement et injustement. Je sais maintenant que des sadiques, il y en a pas mal dans l'enseignement. La caractérologie vous le dira ! En réalité, il s'agissait de me faire perdre un an, parce que je n'étais pas normalienne... Je l'appris aussi plus tard. Je n'étais pas la seule qui ait été traitée ainsi...

J'en eus la preuve lorsque je repassai cet examen l'année suivante... Et je compris tout de suite, lorsqu'on m'annonça avec un sourire hypocrite : « Vous êtes reçue, mademoiselle ! » À ce moment, l'injustice éclata à mes yeux comme une grenade. La différence d'attitude du Commandeur, sa tartufferie, c'est là que je les ai mesurées dans toute leur énormité. Parce que cette fois-ci, j'étais reçue d'avance. Et voici dans quelles conditions.

Deux collègues des environs accompagnaient l'inspecteur. Ils s'excusèrent plus tard de ne pas avoir eu le temps de me prévenir. Parce que, par-dessus le marché, il y avait des veinards qu'on prévenait la veille...

Ce jour-là, on ne resta qu'une demi-heure, on me fit des compliments sur mon exposition de dessins d'enfants. On fut tout sourire et toute complaisance. L'humain se portait à la boutonnière avec la légion d'honneur !

Tout ça, c'est pas important vous me direz : non, ce qui est important, c'est la somme de toutes ces petites piqûres d'épingle !

De quoi est-ce que je me plains ? Il y en a eu de pauvres malheureuses qui ont été collées cinq ou six fois de suite... On m'aurait pas revue !

Voilà : c'était ça, l'administration, à mes yeux de poète... Bien sûr, j'en ai rencontré ensuite des Commandeurs qui n'avaient rien d'inspecteurs de police. Dieu merci, il y en avait de beaucoup mieux. Mais y avait pire aussi !

C'est ainsi que l'image des Commandeurs s'est substituée dans mon inconscient à celle du Général de mon adolescence...

C'est comme ça qu'on se renferme de plus en plus dans sa tour... C'est aussi comme ça que je me suis vite aperçue que l'instruction, c'est peu de chose. Que le beau langage c'est du mensonge... Que les diplômes, c'est du vent. Du vent pour soulever la poussière, et dans la poussière on ne voit plus rien...

C'est de cette manière que j'ai appris à mépriser le vernis dangereux de la culture qui vous fait glisser à la surface des réalités.

Et c'est comme ça que je me suis mise à dédaigner le langage académique, fleuri, poli, enrubanné, qui cache des pétards dans ses bouquets de fleurs. Oh ! mais alors, le dégoût que j'en ai acquis, un dégoût de femme enceinte ! Tous ces beaux messieurs qui parlent au subjonctif imparfait et qui vous font des vacheries au présent, ils m'ont profané à jamais la langue de Corneille, le dieu de mes quatorze ans ! Et chaque fois que je peux, c'est en langue des pauvres gens que j'écris : celle de mes tantes, que je jugeais sottes autrefois. Parce que la bonté et la sincérité, j'ai compris qu'elles sont supérieures à l'intelligence. Et ma brutalité – comme la leur – j'en ai besoin pour être moi-même : celle qu'on a brutalisée.

C'est ainsi que dégoûtée de toute, de la vie qui était moche, de la société qui était pire, du métier qui était décevant et de l'autre qui était inaccessible, je basculais dans les bras de Marcellin...

L'amour me consola...

CHAPITRE 21

Cet été-là, l'Inspection académique me proposa de venir travailler dans ses bureaux. Pourquoi pas ? J'allais renflouer le déficit de mes finances !

C'est à cette occasion que je fis la connaissance de Marcelin. En effet, mon vieux vélo me causait bien des problèmes (de freins, de pneus, de dérailleur) et j'allais avoir 70 kilomètres à parcourir tous les jours ! ... Je décidai d'aller consulter le marchand de vélos du coin, en pensant qu'il pourrait réparer.

Et ce fut Marcelin que je trouvai dans la boutique.

Non, ce qu'il était beau ! On ne peut pas le nier, la beauté est irrésistible. Elle vous cloue. On ne peut pas se défendre. Aucun argument n'est opposable...

Vous, vous n'y croyez peut-être pas au coup de foudre ? Eh bien, pourtant, c'en était un. Un vrai ! Un pur ! Un formidable !

Après quelques minutes d'ébahissement qui m'enlevèrent la parole, j'essayai de rassembler mes esprits. Je lui expliquai donc que j'étais une fan du vélo et que j'allais avoir à me servir de plus en plus de mon engin... Il le regarda, me regarda avec le sourire le plus séduisant qu'il pût et me demanda :

« Il y a longtemps que vous roulez là-dessus ?

– Bof ! oui, une dizaine d'années.

– Ne trouvez-vous pas qu'il a fait son temps ? »

Je bafouillai :

« Ah ! oui, je n'y ai jamais pensé !

– Je crois que dans votre intérêt... »

Et il se mit à décrire, vu mes qualités de sportive, le plaisir que j'aurais si je roulais sur un vélo moderne...

Comme je n'arrivais pas à réfléchir, toute à ma contemplation, non des vélos, mais du vendeur, il eut soudain une autre idée :

« Au fait, si vous devez faire de longues routes, pourquoi ne prendriez-vous pas plutôt une Motobécane ? Ce n'est guère plus cher, et ça va plus vite, sans fatigue. »

J'ouvris de grands yeux...

« Une petite Motobécane comme celle-ci par exemple... Voulez-vous l'essayer ? »

Je me laissai faire. Il m'aida à grimper sur la selle, m'expliqua le maniement des manettes, et me voilà partie... C'est vrai que c'était grisant : rouler sans effort et plus vite...

Quand je revins, il avait bien sûr gagné la partie. Il me reprenait mon vieux clou (qui ne valait plus rien) et me proposa de payer le reste en plusieurs fois.

L'occasion était belle de venir me voir, histoire de vérifier si le vélomoteur était en bon état et si la conductrice était contente. La conquête était facile : j'étais battue d'avance, étant follement amoureuse.

J'avais beau me répéter : « Mais il est pas libre ! Mais il est marié ! Mais c'est impossible ! », ses yeux m'affirmaient tout le contraire, qu'il était plus libre que je ne pensais, que rien n'était impossible en France ni à l'étranger, et qu'un amour n'est jamais monstrueux... Surtout quand c'est le premier, et qu'on a l'excuse de la jeunesse. Et de l'inexpérience. Et celle d'une enfance douloureuse. Et encore celle d'une vie ratée... Et enfin que, zut pour la morale ! on avait une envie folle de se rattraper... Oh ! mais alors, brutale et impérieuse l'envie... L'instinct, tout à coup, rompait les amarres ! et l'imagination, elle fournissait les excuses. Elle en trouve toujours des excuses, l'imagination, quand elle est poussée dans le dos par la puissance clandestine de l'instinct...

Faut pas la provoquer...

Et l'Amour fut...

J'étais pourtant pas belle, non ! Ça, vous le savez déjà. Mais cette disgrâce – que j'exagérais ! – me rendait très simple. Pas bégueule, pas du tout prétentieuse de ma beauté absente. Et la simplicité chez les jeunes filles (en ce temps-là) n'était pas monnaie courante. J'en savais rien. C'est Marcelin qui m'a initiée. À ça et au reste. Parce que je ne faisais aucun cas de ce corps que je trouvais laid, je l'ai donné naturellement, comme un bouquet de coquelicots ou un trèfle à quatre feuilles qu'on a trouvé par hasard et à la vertu duquel on ne croit pas.

Ma jeunesse, l'idée ne me venait pas qu'elle puisse avoir du prix ! Ma virginité encore moins ! Sur ce point, j'avais trente ans d'avance ! D'abord l'hymen, je savais même pas qu'il existait ! Ce détail avait échappé à mon instruction. Mais, même si j'avais su son existence, cela ne m'aurait pas arrêtée. Rien ne m'arrêtait jamais sur le chemin que j'avais choisi : celui des destins impossibles...

Pour en revenir à mon corps, voilà qu'il n'était pas si mal que ça : il plaisait à Marcelin ! Faut dire qu'à cette époque de courses cyclistes, bains de lumière et repas d'orties sauce Astra, j'avais, à défaut de beauté classique, une allure sportive qui attira mon mécano. Lui aussi, il aimait le vélo ! Et la moto ! Et l'auto ! Et la vitesse ! Ce goût commun nous rapprocha. Bien que le reste suffise.

Non ! j'ai pas pu résister au charme de ce beau gars bien balancé. J'avais bu le philtre... Je lui tombai dans les bras comme une pomme trop mûre. Je me lançai dans cet amour irrésistible parce qu'impossible, comme je me lançais du haut des côtes, et ça n'en finissait pas de descendre. Je m'enfonçais dans le paysage, un paysage de rêve africain avec des palétuviers magnifiques et des crocodiles partout... Fallait regarder les palétuviers en pensant aux crocodiles. Toujours faire deux choses à la fois, c'était ma destinée. Pas facile. Bien que par amour, je m'aperçoive que j'étais capable de faire des miracles... Toute la journée au bureau j'en faisais.

Je n'arrivais plus à compter mes additions (je devais additionner les traitements des instituteurs du département !). La Préfecture envoyait une employée pour que nous recomptions ensemble. Je me perdais en route. Au milieu, il y avait le sourire de Marcelin et son regard fleur de lin fatigué.

De but en blanc, je venais de m'installer dans l'inconnu : l'amour... Et quel amour ! L'amour défendu, l'amour traqué, l'amour honni...

C'était bien ma veine ! Un piège : crac ! c'était pour ma pomme... Y en avait pourtant des tas d'autres hommes autour de moi, qu'avaient des cheveux frisés et des yeux bleus... Avec en plus, leur liberté... Non, moi, c'était celui-là, pas un autre.

Parce qu'il ne pouvait pas être à moi...

Alors le règne de Marcelin a commencé : il a duré cinq ans. Tout le temps qu'il fallait pour que les prétendants possibles se marient. Ils pouvaient ! Qu'est-ce que j'en avais à faire ? C'était pas eux que j'aimais...

Ce règne a été des plus impraticables, vous vous en doutez... Vous devez penser que je méritais bien mon sort. Les témoins de cet amour ont été du même avis, j'étais ce qu'on appelait alors une libertine... Je n'en étais pas l'ombre d'une pourtant ! Pas plus que cette pauvre Juliette Drouet. Et beaucoup d'autres, des célèbres et des obscures. Il y a peut-être plus d'abnégation chez une fille qui accepte, par amour désintéressé, de vivre une existence sacrifiée d'épouse illégitime, que chez certaines femmes qui ont épousé la situation ou la fortune d'un bonhomme ! qui ont vendu leurs charmes le prix d'une vie de mari productif ! La maîtresse, elle, n'est pas souvent payée ! En tout cas, jamais autant qu'une légitime entretenue… Je ne cherche pas d'excuses, je fais le point!

Si j'avais pu échapper, du reste, à cette situation sans issue, je ne me serais pas embarrassée d'un infidèle, étant donné que ce genre d'homme n'est pas plus fidèle à sa maîtresse qu'à sa femme! Et puis il vous complique drôlement la vie. Sans compter les remords, faut pas oublier. Car j'en avais, moi, des remords vis-à-vis de sa moitié. Lui, non… Il avait l'habitude!

Je souffrais bien plus que lui des mensonges qu'il lui racontait, et qu'elle croyait! Quand je lui demandais, à Marcelin: « Et elle t'a cru? », il me répondait toujours en riant: « Ma femme me croit toujours! » J'étais stupéfaite. Je n'en revenais pas d'une telle crédulité, d'une telle confiance. De quoi m'enlever la mienne pour l'éternité (ce qui arriva, hélas!). C'est vrai que cette personne, fort bien roulée elle aussi – une vraie plastique grecque – devait se croire irremplaçable, invincible, incocufiable… J'aurais pu penser que c'était pain bénit pour elle. Au contraire, je faisais la leçon à Marcelin, pour apaiser mes scrupules. Je lui disais beaucoup de bien de sa femme, pour qu'il ait pas l'idée de la plaquer un jour. Il le pensait parfois.

Non, je ne voulais pas lui voler sa place de femme au foyer, à ma rivale. Je voulais seulement une petite miette de bonheur pour voir comment c'était fait. J'en ai eu une, pas grosse mais enfin : je sais ! C'est vraiment formidable. Et si j'étais morte dans ses bras la première fois qu'il m'y a enfermée, j'estimerais que j'aurais eu une belle vie, malgré tout le reste. Mais la mort, plus on court après... surtout celle-ci ! elle doit être réservée d'avance !

Au début, Marcelin se débrouillait pour me retrouver chez moi une fois par semaine. Il prétendait aller faire un peu d'entraînement cycliste. Pratique l'entraînement sportif... Nous le faisions parfois à deux jusqu'à un petit bois, à vingt kilomètres à la ronde. On était pas à vingt kilomètres près, nous, les amoureux de la petite Reine. Rouler de front, guidon contre guidon, amarrés comme deux bœufs sous le même joug fleuri, c'était du bon bonheur bien sain, bien tendre. Et se cacher sous les broussailles de chênes verts, c'était délicieux et piquant !

Mais Marcelin était un homme à nouveautés et cette béatitude n'a pas duré longtemps. Un jour, il n'avait pu venir à cause de sa femme, un autre à cause de son frère... Toutes les bonnes raisons familiales y défilaient. Moi j'attendais... Je me morfondais... Je me rongeais... Je guettais les bruits. Je connaissais par cœur sa façon de traverser la cour, de poser son vélo, de sonner, de grimper l'escalier quatre à quatre... Le moindre signe de sa présence m'aurait fait évanouir de bonheur. Les signes se faisaient de plus en plus rares. Je passais des nuits blanches à guetter – car il n'avait pas d'heure – ma porte d'entrée ouverte sur la nuit, moi qui étais si peureuse... Puis je m'écroulais au milieu de mes larmes. Ç'a été ma troisième grande crise de débordement lacrymal. Elle a duré des années...

Quand il me surprenait dans ces états, Marcelin protestait : « Je ne veux pas que tu sois malheureuse, je ne t'abandonnerai jamais ! » Tiens, pardi ! il n'avait pas la mauvaise part : une légitime, une concubine et quelques éphémères pour rompre la monotonie. Un début de bonne situation dans la vie !

Alors, parfois, je me révoltais contre lui, et contre moi. C'était trop bête d'attendre ainsi. Mais dès qu'il apparaissait dans l'encadrement de la porte, j'étais pétrifiée comme par une apparition divine, et tout le reste était pulvérisé. Il n'y avait que le visage de mon amour ! Un visage jouisseur, toujours gai, toujours prêt à vous raconter des histoires burlesques, à vous faire rire pour se faire pardonner... Et moi, j'adore les gens gais, ceux qui réussissent à me divertir. Je leur suis d'une reconnaissance infinie. Or l'optimisme, il rayonnait autour de Marcelin. Je ne l'ai jamais vu ni cafardeux, ni embarrassé. Il avait toujours au coin de la bouche, la bonne blague ou la solution du problème insoluble. Auprès de lui, je pouvais enfin me reposer. C'était lui qui prenait les commandes. Ce que c'était bon... Oui, mais voilà : ça ne durait pas. J'avais pas le temps de m'habituer...

C'est sans doute pour cela que je l'aimais toujours autant...

Un jour pourtant, j'ai atteint le bout de ma patience. J'en pouvais plus. J'avais attendu un rendez-vous pendant toutes les vacances. Je le reçois huit jours avant la fin. C'était pourtant un beau rendez-vous, le plus beau de tous. Un rendez-vous à la gare, pour aller à Paris ensemble. Huit jours complets sans avoir à se cacher. Paris avec Marcelin !

Eh bien, je n'y suis pas allée. J'ai baissé les bras... Mais quand l'heure du train a sonné à ma pendule, si j'avais eu un avion sous la main...

O mon amour, que tu avais de défauts, et combien je les aimais...

Si je vous disais que j'ai regretté bien souvent cette impatience stupide... Pourquoi ne pouvais-je pas attendre sans me ronger ? Sans penser qu'il m'avait laissée choir ? Qu'est-ce que ça pouvait faire si son amour n'était pas aussi grand que le mien ? C'est celui qui aime le plus fort qui a les plus grandes émotions, et qu'est-ce qui vous inspire sinon les émotions ? ...

Et la guerre éclata...

CHAPITRE 22

La guerre, elle me surprit dans les Pyrénées. En effet, l'été 39, je décidai d'utiliser mes vacances pour aller découvrir la montagne. Puisque je ne pouvais pas vivre mon amour à plein temps, autant ne pas rester chez moi à me morfondre. Je ne connaissais pas la montagne, même si j'avais été baptisée dans le Piémont du grand-père italien, mais à deux ans, il ne m'en restait qu'un souvenir : celui d'avoir été transportée sur le dos d'un jeune oncle dans une hotte d'osier !

De l'argent, j'en avais pas trop, mais j'avais de bons jarrets, ça remplace ! et un super vélo qui faisait des envieux. Je l'avais troqué contre ma moto qui brûlait trop d'essence. Ce fut là un courage bien récompensé, puisque six mois plus tard dans la France occupée, je n'aurais plus eu droit au combustible ! Je l'avais baptisé Phoebus : il était jaune métallisé. Un peu grand pour moi, mais en ce temps-là, on ne regardait que l'apparence, et les marchands se fichaient bien de votre confort. (Ce que mes poignets ont pu souffrir d'être trop penchée en avant ! ...)

J'avais préparé mon programme avec minutie, carte Michelin et liste des Auberges de Jeunesse en mains. J'aurais préféré camper mais une tente, c'était trop cher pour moi. En quatre étapes, hop ! je serai au pied des Pyrénées, mais avant, j'avais bien sûr rendez-vous avec mon amour, pour les adieux.

Le vélo chargé au minimum – il pesait déjà treize kilos à vide – me voilà partie, via le petit bois habituel.

J'attendis, j'attendis... L'heure tournait, le soleil aussi et personne n'arrivait. Marcelin avait-il oublié ? ou bien un importun de dernière minute l'avait-il retardé ? Partir sans l'embrasser ? c'était pas possible ! et pourtant il fallut...

De colère et de chagrin, ma gorge se noua si fort que l'air ne passait plus. J'étouffais, je faisais des efforts violents pour qu'un mince filet parvienne à mes poumons. En sifflant. Allais-je mourir de rage pour un beau parleur qu'était pas fichu de tenir ses promesses ? Allons, je me raisonnai et me remis en selle : le programme attendait. Pas question de reculer...

Tout de même, ce jour-là, j'ai bien failli mourir d'asphyxie. Par amour…

Première étape : la grand-mère et les tantes : leur dire au revoir. Leur expliquer mon voyage… La Mémé ne réalisait pas bien, elle qui sur cette route du sud n'avait jamais dépassé La Rochelle : elle y allait à pied avec sa mère, en deux jours. Une autre prouesse qu'en vélo ! Julie, elle, fit tout ce qu'elle put pour me dissuader. Mais décidément, j'avais une tête de mule !

Le lendemain, j'étais à Royan, le surlendemain à Arcachon, le troisième jour à Hossegor et le quatrième à Bayonne. Je filais comme un bolide, semant tous les prétentieux qui tentaient de me suivre… C'est qu'en réalité j'aurais déjà voulu être de retour, à cause du petit bois…

Ce fut en longeant le golfe de Gascogne que j'eus ma première vision de la montagne. Ô surprise : tous ces petits cumulus accrochés à ses flancs, comme dans les estampes chinoises… Merveille, cette baie de Saint-Jean-de-Luz avec ses Pyrénées en toile de fond, elle se grava sur ma rétine pour le reste de mes jours. Je faillis en oublier Marcelin.

Je me mis ensuite à grimper vers Saint-Jean-Pied-de-Port. Il y avait là-haut un Borota[10] qui

10. Champion de pelote basque.

faisait des prodiges et excitait ma curiosité. Oui, mais voilà, mes jambes n'en faisaient plus de prodige. Plus du tout ! elles me trahissaient... Qu'est-ce qui leur prenait ? Je comprenais pas. Un coup de pompe simplement, j'avais roulé trop et trop vite. Le corps a ses exigences, fallait bien que je le découvre un jour.

Par force, je dus donc me reposer. À Pau ? sans doute, je ne me souviens plus de cette ville, pourtant, je dus y rester deux jours. Je crois qu'il pleuvait...

Et je continuai sur Gavarnie, via Lourdes où je voulus voir de visu les fameuses grottes. Eh bien, non, on n'a pas voulu de moi : je portais un pantalon ! Le gardien me fit faire demi-tour sans explication. Les « Lourdauds » valaient les Bocains vendéens. J'ai jamais remis les pieds à Lourdes même si maintenant les touristes féminins portent toutes la culotte ou la mini-jupe aguichante ! Ainsi va la connerie humaine !

Je filais immédiatement sur Gavarnie, mais j'avais perdu du temps et je fis les huit derniers kilomètres à la nuit tombante, sur une route qui montait, tout en ayant l'air de descendre. Effet d'optique ? fatigue ? Tout semblait me narguer ce jour-là, même le gave de

Pau prenait des airs tragiques. Enfin j'arrivai, épuisée, à l'auberge.

C'est bien la plus lamentable auberge que j'aie rencontrée durant tout mon voyage : une véritable gargote, sombre, malpropre et puante. J'y pris quand même un repas confectionné par une mère aubergiste qui sentait le graillon comme sa cuisine. Nous mangions tous du bout des lèvres et la nuit, j'entendis plusieurs copains se lever pour aller vomir.

Je croisai là des bandes de jeunes, avec lesquelles le lendemain je visitai le fameux cirque dont l'image trônait sur tous les murs d'écoles ! Puis je les abandonnai, car nous n'avions pas la même façon de voyager ni le même programme.

Il est vrai que je ne visitais pas grand-chose, que je me contentais d'admirer le paysage et d'avancer, d'avancer, le plus vite possible. Drôle de touriste... pressée d'en finir.

Cette jeunesse en vacances folâtrait par-ci, par-là. Moi je roulais, la tête dans mes idées noires... Ah ! j'en avais rencontré pourtant des garçons sympathiques, comme cet étudiant en lettres auquel j'avais appris à casser un œuf ! Il savait pas ! « Un coup sec comme ça ! » Il en revenait pas... Et puis il est parti de son côté, un petit regret dans l'œil, et moi du mien, vers le Tourmalet : j'avais décidé.

Et ce veuf de Bordeaux qui m'avait invité chez lui, lorsque je retournerais ? Non, je n'avais aucune vocation pour consoler les veufs. Et je pris la route du Tourmalet, qu'était pas du tout goudronnée en 1939.

Ce jour d'août était horriblement chaud, mon vélo trop lourd, et mon dérailleur, bon pour la plaine, était inefficace... Je réussis malgré tout à rester sur la selle pendant sept kilomètres. Et les onze autres, à côté seulement. Je poussais ma charge et ceux qui redescendaient – en voiture – me criaient : « Bon courage ! » Ils rigolaient bien, les nantis ! Cette folle, qu'ils devaient penser, elle ne sait pas ce qui l'attend ! Non, je savais pas... Heureusement, y avait tout le long du parcours des sources fraîches dans lesquelles je plongeais avec délices mon quart de soldat... Quel four ! quelle soif. Je me consolais pensant à tous les kilos de graisse que j'allais semer. En effet, j'en perdis cinq en quelques jours !

Je ne sais plus combien de temps j'ai mis, mais je suis arrivée avant la nuit au bout de cette interminable côte, si raide dans sa dernière partie. L'auberge était là, au sommet. J'ai couché avec les autres, dans un grenier aussi inconfortable qu'une grange ouverte à tous les vents. J'ai grelotté toute la nuit. Je faisais mon apprentissage de la montagne, de ses nuits glaciales même au mois d'août. Ça, c'était pas noté dans les géographies, fallait venir constater sur place ! Bien sûr, j'avais rien emporté pour me couvrir...

Le Tourmalet m'apprit beaucoup de choses, surtout le lendemain, lorsque je me lançai, la bouche en cœur, dans l'escalade du Pic du Midi de Bigorre : je voulais visiter l'Observatoire.

Un petit sentier zigzaguait sur sept kilomètres et, vu d'en bas, la première idée qui vous venait, c'était de couper en ligne droite. Ce fut mon avis et celui de deux autres camarades. Allons-y donc ! et nous voici en route, suivis par le chien de l'auberge qui profitait de l'aubaine.

Nous grimpions d'abord facilement, les Toulousains et moi qui leur faisais entièrement confiance : ils étaient du coin. Et puis dans le domaine sportif, les garçons n'en savent-ils pas toujours plus que les filles ? Hélas ! l'expérience de la montagne, ils l'avaient pas plus que moi ! et nous voilà bientôt coincés dans les rochers, des rochers énormes. Avec leurs grandes jambes mes compagnons arrivaient à les franchir, moi je suais sang et eau par-derrière. On entendit alors un berger au-dessous de nous, nous crier quelque chose, mais quoi ? impossible de comprendre... Et ce sacré chien qui prenait mes pieds pour des cales, et ce vertige quand je me retournais... Oh ! là ! là ! ma dernière heure était arrivée, c'est sûr ! j'allais redégringoler tout ça vite fait... On regardait de tous côtés, cherchant le sentier : on le voyait plus. Où était-il passé ? Et le soleil nous cuisait la peau, les yeux...

Je ne sais plus lequel des trois aperçut enfin un filin, moitié recouvert d'éboulis, et qui semblait se diriger vers l'Observatoire. Sauvés ! Nous nous accrochâmes de toutes nos forces à cette sorte de cordage, sans doute installé là pour aider les ignorants de notre espèce. Et nous atteignîmes ainsi le Pic du Midi, trempés de sueur, écorchés, couverts de poussière et de coups de soleil, mais entiers !

Personne ne nous remarqua du reste : les hôtes de l'Observatoire avaient sans doute l'habitude, et nous pûmes visiter ce lieu de rêve, habité par des petits veinards qui avaient un jour décidé de vivre avec les étoiles.

Les Toulousains prirent des photos et promirent de m'en envoyer. Je les ai jamais reçues. Dommage, j'aurais été curieuse de voir la tête que j'avais, après une telle escalade. Mais ces pauvres jeunes ont-ils eu seulement le temps de faire développer leurs photos ? La guerre les attendait au virage.

Le reste du voyage s'est perdu dans les brumes de ma mémoire. Je sais que la descente du Tourmalet, que j'avais espérée rapide et exaltante, fut aussi décevante que la montée. En effet, tous les trois kilomètres, mon pneu arrière se dégonflait. Je cherchais en vain le clou qui l'avait percé : rien ! Je regonflais, reprenais la route et crac ! le manège recommençait... J'appris par un garagiste que ma chambre à air était poreuse. Comme j'avais pas assez de sous pour la changer, je redescendis à pied comme j'étais montée...

CHAPITRE 23

J'ignorais ce jour-là (car personne ne lisait les journaux et les radios n'existaient guère) que nous allions bientôt vivre des moments ô combien plus difficiles.

C'est à Tarbes que la mobilisation me surprit. Partout elle était affichée, et nous, les jeunes, qui nous « éclations » sur les routes de France, nous fûmes atterrés... Pendant que nous oubliions les soucis de la vie quotidienne, d'autres préparaient la guerre où notre avenir allait sombrer...

Immédiatement, je pensai que Marcelin allait partir, pour peut-être ne plus jamais revenir, comme mon père...

Je sautai dans le premier train en partance. Plus question de folâtrer sur les routes. J'envoyai un télégramme (signé du nom d'un de ses copains) à mon ami. Et il m'attendait à la gare.

Ah ! ces retrouvailles, quand on sait comment elles se termineront ! La vie ne fait de cadeau à personne et j'avais beau arracher comme je pouvais de petits friselis de bonheur par-ci, par-là, le résultat était bien maigre... Marcelin avait déjà sa feuille de route, il devait rejoindre sa caserne le lendemain, mais ne savait pas encore quel train il prendrait. Qu'à cela ne tienne : je passerais la journée dans la gare de Nantes à guetter les trains ! Rien ne m'arrêterait jamais...

Ainsi fut fait. Je partis dès l'aube en vélo, fis les cent pas toute la journée dans la gare, et il arriva par le dernier convoi. Nous passâmes la nuit ensemble. Dans sa musette, il avait une tarte et je me souviens de mon remords lorsqu'il partagea avec moi le gâteau confectionné par son épouse. Je voulais bien partager le bonhomme, mais pas la tarte !

Je n'eus pas le temps de m'éterniser sur cette séparation, juste celui de courir lui acheter un duvet pour qu'au moins il ne souffre pas du froid. J'avais tellement grelotté dans les Pyrénées (et mon père dans les tranchées...).

Et je retombai dans ma solitude...

Alors commença l'attente du facteur. Il écrivait, racontait les anecdotes de cette « drôle de guerre » où il ne se passa strictement rien jusqu'en mai 40.

Quant à moi, j'avais pris une grande résolution : j'allais m'engager comme conductrice d'ambulances.

J'eus à cet effet un entretien avec un colonel du deuxième bureau. Il fit tout son possible pour me persuader qu'un champ de bataille n'était pas un lieu où envoyer les demoiselles. Mais ma décision était irrévocable : j'avais mes raisons, dont l'espoir idiot de retrouver Marcelin (ou du moins de m'en rapprocher).

Vous me direz que j'étais vraiment stupide : amoureuse seulement, c'est pareil.

N'ayant jamais eu de voiture, j'avais pas non plus de permis. En dix leçons payantes, et quelques-unes gratuites avec un vieux collègue, je pus me présenter à l'examen. Juste au moment bien choisi où les Allemands ayant enfoncé le front belge, les réfugiés du nord déferlaient en files ininterrompues et traversaient la ville de Nantes.

Je commis toutes les bêtises possibles, ratai la marche arrière et faillis écraser l'agent de la circulation qui se démenait au carrefour... L'inspecteur, furieux, me donna quand même mon permis en me criant : « Allez donc vous faire bousiller sur les routes ! » Il avait cru que j'attendais mon permis pour aller grossir les rangs des réfugiés !

Comme l'ennemi atteignit la Vendée avant que j'aie reçu ma feuille de route, et que l'armée française n'avait plus besoin de mes services, je ne fus jamais conductrice d'ambulance...

À l'annonce du repliement des Ardennais sur la Vendée, le Commandeur était accouru afin de jeter un coup d'œil sur le bâtiment désaffecté du fond de la cour. Il y avait eu autrefois deux classes en fonctionnement. La deuxième était en piteux état, mais c'était pas pour arrêter l'imagination de cet inspecteur. Il voyait très bien ce local dont le sol était devenu broussailles et dont tous les carreaux étaient cassés, se remplir de jeunes Ardennais. Il avait compté sans l'intervention de la municipalité qui accueillit les arrivants et leur indiqua tout de suite l'école des sœurs, comme étant la seule du village. La mienne ne comptait pas à ses yeux.

Par contre, on m'envoya une collègue, qui ne sachant où se loger, accepta de partager mon modeste appartement. Elle réussit à récupérer un élève : le fils d'un maçon italien ! Et l'on vit cette chose inouïe : deux institutrices se partager les quatre élèves de la classe. J'avais bien essayer de faire le partage autrement : l'une de nous travaillant le matin et l'autre l'après-midi, mais je me fis encore rabrouer : chacune devant faire sa journée entière, si elle voulait être payée... L'administration a ses façons de voir… J'avais encore rêvé !

Après le défilé des émigrants, ce fut celui, interminable, des troupes allemandes. Pendant des jours et des jours, à pied, à cheval, en camion, en tank, de jeunes soldats fringants, décidés, heureux, l'air invincible (ne l'avaient-ils pas été ?) avançaient fièrement en chantant leur victoire ! Aucune trace de combat : ils brillaient comme des sous neufs…

Où étaient donc passés les nôtres ? Eh bien, ils étaient chez eux, comme Marcelin qui était revenu, ou dans d'immenses camps de prisonniers, comme mon filleul de guerre.

Un détail, tenez : sept troufions français armés chacun d'un fusil Lebel avaient été logés dans ma classe (l'école donnait sur la route de Nantes-La Rochelle). Ils avaient ordre d'arrêter l'armée allemande ! Ils jetèrent leurs armes et leurs uniformes dans un trou d'eau qui jouxtait l'école, et ils s'en retournèrent chez eux. Qu'auraient-ils pu faire d'autre ?

Mais moi aussi, ce jour-là, je devais regagner mon domicile, car j'étais venue aux nouvelles chez une camarade des environs et le soir, je repartis à pied. Le hasard voulut que mon chemin soit le même que celui des Allemands. Cela déplut à un officier de cavalerie. Pour me forcer à faire demi-tour, car évidemment je ne comprenais pas sa harangue, ni lui mes explications, il dressa son cheval tout debout devant moi, m'acculant contre un buisson. Je m'attendais à ce qu'il laisse retomber son cheval sur ma tête... Mais la mort n'était pas au rendez-vous. Je fis semblant de repartir en arrière et lorsqu'il fut loin, je repris ma route dans le bon sens. Mais quelle peur bleue !

C'est ainsi que la Vendée passa, sans combat, sous l'occupation allemande. En juin 40.

Et le mois d'août s'écoula, pour les enseignants et leurs élèves, dans les champs de pommes de terre, à ramasser les doryphores : ordre de la Kommandantur... De là, je suppose, le nom de « doryphore » donné aux occupants. Car les Français ne perdent jamais le sens de l'humour.

En septembre, je décidai de me rendre à Laval – en vélo – où je verrai mon filleul de guerre qui végétait dans un camp de détenus. Le sot ! il s'était constitué prisonnier ! Furieuse que j'étais après lui, mais c'était pas une raison pour le laisser crever. J'irais avec sa sœur, bonne cycliste elle aussi. Ma collègue des Ardennes resterait chez moi. Elle en profita pour faire venir son fils qui était notaire et planqué...

D'une traite nous avalâmes toutes les deux, les cent soixante kilomètres qui nous séparaient de Laval. Pas sans émotions. Mon amie ayant raté un virage dans une descente, elle fut projetée violemment sur un trottoir. J'étais devant, quand j'entendis sonner son crâne sur le sol. Je stoppai, affolée, mais elle se relevait indemne. Et les braves gens qui habitaient en face, nous offraient déjà leur aide : « Vous savez, on a l'habitude, toutes les semaines y a un accident devant chez nous ! » et ils nous firent avaler un « petit verre » pour nous remettre de notre frayeur. Apparemment, mon amie n'avait rien, mais je n'étais pas tranquille. La roue avant du vélo était en huit, il fallut aller à pied à Ancenis, pour faire réparer. J'en profitai pour expliquer l'accident à un pharmacien qui me rassura tout à fait : « Le crâne c'est solide, s'il n'est pas défoncé, c'est qu'il n'y a pas de dégâts ! » Bon, s'il l'a dit...

En tout cas, les jarrets fonctionnaient dur et le soir nous couchâmes à Laval, hébergées par des bonnes sœurs. Elles nous regardaient avec suspicion : on n'avait rien d'enfants de Marie...

Combien y avait-il de prisonniers dans ce camp ? des milliers. Tous les jours, nous faisions la queue aux visites, pour embrasser et ravitailler notre détenu. J'attendais moi aussi mon tour avec les femmes, les mères, les maîtresses. Moi, j'étais que la marraine. Et quand je voyais avec quelle fougue les amants se jetaient dans les bras l'un de l'autre, par-dessus les fils de fer, je regrettais presque que ce ne soit pas Marcelin qui soit là... Puis ensuite nous courions les magasins. C'est là que je vis des montagnes de savonnettes disparaître dans les sacs de celles qui avaient des sous pour en acheter... Que de fois, plus tard, j'ai repensé à ce moment où j'aurais pu moi aussi faire des réserves (le savon m'a cruellement manqué), mais tout notre pécule était réservé à la nourriture du détenu et à la nôtre.

Comme il restait du temps à perdre nous tournions autour des barbelés, derrière lesquels les soldats français s'agglutinaient. Et nous leur lancions des cigarettes, du chocolat, des mots d'amour, selon les cas. C'était bien sûr défendu, mais certaines sentinelles nous ignoraient. Pas toutes, et une fois je fus couchée en joue par un gardien irritable. Je disparus promptement, mais s'il avait tiré, il m'aurait sûrement pas ratée.

Le curé de Laval, lui, ne me rata pas. Alors que je bavardais gentiment avec mon filleul, venu travailler sous surveillance derrière l'église, il surgit comme un diable noir et me somma de décamper. Que croyait-il, cet imbécile ? que j'étais une prostituée ? J'essayai de m'expliquer, mais il ne voulait rien entendre et je dus partir sous ses menaces. Plus dur, plus inhumain que nos ennemis ! Alors que les sentinelles comprenaient le cafard des prisonniers, lui le disciple de Jésus-Christ, n'avait pitié de personne.

CHAPITRE 24

La rentrée scolaire approchait : il fallait penser à revenir. Mais avant, fallait aussi payer sa pension. Comment faire ? J'avais plus un sou ! Pour toucher mon traitement, il me fallait rentrer en Vendée (nous étions payés par le percepteur à cette époque).

Je me creusais la cervelle pour trouver ce que je pourrais bien laisser en gage à la bonne sœur : je n'avais absolument aucun objet de valeur, pas un bijou, et mon vélo, j'en avais besoin. Ne trouvant pas d'autre solution, je lui offris... ma carte d'identité ! À mes yeux, c'était un bien précieux. Aux siens, que valait ce bout de carton ? sans doute pensa-t-elle que j'en avais d'autres (j'étais peut-être une espionne ? ...). Mais elle n'avait pas le choix, elle ne pouvait pas me garder en otage par ces temps de disette. Elle prit ma carte et me gratifia d'un regard ô combien soupçonneux. Sans un mot...

Dès mon retour, je lui envoyai son argent en la priant de bien vouloir me retourner ma carte.

Je n'avais pas pensé une minute, comme une étourdie que j'étais souvent, qu'en ces temps de guerre, il aurait pu m'arriver les pires ennuis si, en chemin, on m'avait demandé mes papiers... Qui m'eût cru ? Et la bonne sœur, elle aurait pu y penser !

C'est le privilège de la jeunesse d'ignorer le danger. On se rattrape après.

Marcelin, qui avait été fait prisonnier trois fois et s'était échappé autant (au début, les vainqueurs avaient bien du mal à contenir leurs milliers d'otages), était revenu tranquillement chez lui. Dès le lendemain, il vint me voir. Ce fut la plus poignante étreinte de ma vie... Mes lettres l'avaient convaincu de la sincérité de mon amour. Cette épreuve nous avait rapprochés.

Quel besoin de franchise le poussa alors à tout me raconter ? Peut-être que la franchise est contagieuse. Ou l'amour ? Il découvrait tout à coup qu'il m'aimait vraiment. Il me savait parfaitement loyale vis-à-vis de lui. Je ne lui mentais pas. Alors, brusquement, il eut honte. Honte devant la pureté et la grandeur de mes sentiments. Il eut, je suppose, une envie folle de me rejoindre sur mes sommets implacables. Et il libéra sa conscience de libertin.

Quand la première place est prise, on supporte d'être la seconde. On admet de partager avec la première, parce qu'on ne peut pas faire autrement. Mais on ne tolère pas que la liste s'allonge. Je le voulais fidèle à son ménage à trois. Pas à quatre!

Hélas! je l'avais placé trop haut et j'avais compté sur la réciproque. Je ne pouvais pas concevoir un tel amour souillé par la trahison. Je sentis mon cœur basculer, se vider... « Écoute-moi! écoute-moi! je t'en prie! je te dirai tout, parce que c'est toi que j'aime, je m'en rends compte aujourd'hui, j'ai été un salaud, je t'ai trompée, écoute-moi, j'irai jusqu'au bout, tu peux me croire, je te dirai tout! »

Mais j'écoutais plus, je voulais plus rien savoir. Mon amour avait plus d'oreilles... Il avait poussé trop haut, trop vite. Le premier cyclone l'avait cassé juste au moment où le soleil allait être au zénith... Marcelin allait m'aimer plus, et moi j'allais l'aimer moins. Il allait souffrir et moi j'étais guérie (que je croyais). Plus jamais j'aimerais ainsi. Plus jamais j'oublierais comment un homme pouvait mentir, comment une femme pouvait être trompée. La leçon ne s'effacerait jamais plus. « Ma femme me croit toujours! » résonnerait éternellement à mes oreilles. J'avais fait comme elle!

À l'automne, je fus mutée sur la côte. Cette nomination arrivait à point. La mer : je l'adorais, vivre près d'elle était la réalisation d'un vieux rêve. J'avais déjà vécu un an et demi à La Rochelle après cette fameuse anémie – ou plutôt tuberculose – que je fis à la fin de mes études. Julie m'avait envoyée là, terminer mes deux dernières années (je ne voulais plus retourner à Juvisy).

J'avais alors été pensionnaire dans un foyer de jeunes filles où je jouissais d'une grande liberté et chaque jour, lorsque le temps le permettait, j'allais étudier sur un banc du mail. Ce fut une période de solitude heureuse et de croquis de bateaux. Revivre cette vie qui m'avait séduite, certes, je m'en régalais d'avance.

Quant au professorat de dessin, par contre, ce rêve-là s'éloignait, même s'il devait revenir me hanter toute ma vie. Ma vie qui s'annonçait comme une succession de renoncements. M'éloigner de Marcelin ? Je l'acceptais, même si inconsciemment je pensais qu'on pourrait toujours se rejoindre à mi-chemin. Rompre ? Ce n'était pas encore l'heure, mais elle approchait...

Le petit village où j'échouai[11], plus paysan que marin, était sans prétention. Il m'enchanta

11. Saint-V.

tout de suite. Oh ! ce n'était pas la corniche de Saint-Jean-de-Luz ! Rien de grandiose ici, mais la simplicité, la modestie, de petites dunes, des pins tordus, un clocher du IXe siècle, une école sympathique : c'était convivial, émouvant, et les gens affables paraissaient tellement plus ouverts que les Bocains : c'est que le pays avait été marqué par Clemenceau.

Et l'école publique avait eu sa période de splendeur. Si son effectif était peu à peu revenu à ce qu'il était avant le passage du Tigre, c'était sans doute que le peuple est influençable. C'est le dernier beau parleur qui l'emporte. Un curé en l'occurrence ou même les sœurs qui se donnaient tant de mal. Dès qu'une femme allait accoucher, une des sœurs se précipitait chez elle pour s'assurer que l'enfant viendrait bien à son école. Voilà bien, c'est vrai, ce que je n'avais jamais fait. Je respectais trop la liberté des autres.

Les habitants m'acceptèrent telle que j'étais : sportive en pantalons et peintre à mes heures. Quel soulagement ! J'allais enfin pouvoir vivre à plein temps, me montrer sans artifice, sans arrière-pensée.

Je passai là mes cinq années de guerre, courant après les victuailles tous les jeudis pour ravitailler la famille : les Parisiens qui se rappelèrent à mon bon souvenir pour l'occasion et même les pauvres tantes aussi mal pourvues que les citadins. Entre la classe, la confection des colis et les voyages cyclistes à travers le département, mes jours de congés seraient bien employés.

Et puis il y eut Cécile…

CHAPITRE 25

Un soir, je ruminais mes vieux souvenirs, ratatinée au coin de ma cheminée où brûlaient des pommes de pin, quand pour la première fois Cécile frappa à mes carreaux.

Cécile, c'était ma voisine : dix-huit ans, frisettes, fanfreluches et sourire. Une sirène s'aventurait dans mon caveau. Un peu pour y acquérir de la lecture et beaucoup par curiosité. Son amitié me renfloua, car le désespoir me visitait souvent au début de cette nouvelle existence.

Si je ne connaissais pas encore Cécile, j'avais par contre eu l'occasion de rencontrer son père, le jour même de mon « débarquement ». Il pleuvait, ce jour-là, sur mes misérables paquets (je possédais peu de meubles, bien sûr) et le voisin s'était montré des plus serviables. De retour chez lui, sa fille lui avait demandé comment était cette nouvelle « demoiselle ». Embarrassé, le papa... « Elle porte des bottes », dit-il. Ce qui avait bien amusé Cécile. Elle trouva vite l'occasion de venir elle-même examiner le phénomène.

Ce fut le départ d'une très longue amitié. Longue et tumultueuse. Depuis Olga, la juive-espagnole-américaine (mon Dieu, qu'est-elle devenue ?), je n'avais pas eu d'autre amie véritable.

L'amitié, c'est bien plus rare que l'amour, parce que l'amour ça s'accommode, ça accepte tout avec un bandeau sur l'œil qui voit clair. L'amitié, elle, voit des deux yeux.

Des amis, il est bien plus facile de s'en faire dans la jeunesse que dans l'âge mûr, parce qu'on est moins exigeant à dix ans qu'à vingt, et à vingt qu'à trente. Moi, j'ai pas su en profiter. Toutes les amies que le lycée m'avait données, je les ai laissées tomber froidement. J'avais le choix ; je croyais que je l'aurais toujours. J'avais sous la main des filles intelligentes : je pensais que le monde en était plein, qu'il en débordait de filles intelligentes. Je croyais ça quand j'étais jeune. Je pensais qu'en dehors de ma famille biscornue, le monde entier m'appartenait. Que je serais toujours à même de choisir. Alors pourquoi je m'en serais fait ? J'allais pas traîner des amitiés de province à Juvisy et des amitiés de Juvisy quand je revenais en province ! Comme si c'était encombrant une petite amitié, dans un petit coin de cœur. Et pour me démontrer ma témérité orgueilleuse, la vie qui est toujours pleine d'humour noir, elle a fait le désert autour de moi...

Mais il y avait une autre raison à cette attitude, je l'ai découverte plus tard : c'est que je préférais abandonner les autres plutôt que d'être abandonnée, ça fait moins de mal. Je ne voulais pas revivre l'abandon, j'en avais trop souffert...

Cécile, je l'avais croisée une fois dans le village et l'avais jugée froidement : quelle dinde ! et elle devant mon air renfrogné s'était dit : quelle ourse ! La première impression, comme vous le savez, c'est toujours la bonne, même si elle est incomplète ! Car si nous avions des défauts très décoratifs, nous avions aussi des qualités secrètes, ça compensait. La dinde et l'ourse s'apprivoisèrent mutuellement et ne firent pas si mauvais ménage. Au bout de quinze jours, on ne nous voyait plus l'une sans l'autre.

Au début des relations humaines, il y a toujours beaucoup de politesse. On se ménage, tout en s'observant. Après la nature reprend ses droits. Pour moi, l'hypocrisie, elle durait pas. J'étais plutôt franche et brutale. Quand je lui offrais des gâteaux à Cécile, elle commençait par refuser. Moi j'insistais pas. Pour moi ce n'était pas poli. Il paraît que c'est le contraire. Alors Cécile, elle s'est habituée à mon genre de politesse, sinon elle mangeait jamais de gâteaux...

Des points communs, on en avait. Des divergents aussi. Ce furent d'abord les premiers qui dominèrent.

Cécile avait comme moi l'amour du beau. Artiste sans le savoir, sans pratiquer aucun art, que celui du maquillage et de la toilette, elle n'avait jamais eu d'autre but que de plaire. Se plaire et plaire aux autres. Elle y excellait. Elle plut, ô combien ! aux garçons comme aux filles, aux vieux comme aux jeunes. Elle était douée aussi pour un autre art qu'elle ne cultiva pas : la comédie. Ou plutôt elle se contenta de l'exercer dans la vie courante, c'était plus amusant ! Et puis, elle avait en ce temps-là une tendance à la paresse et apprendre un rôle lui paraissait fastidieux, autant qu'aventureux se lancer sur les planches. Elle préférait passer ses journées à entretenir sa plastique pour être la plus belle du pays. C'est vrai qu'elle avait un corps d'Aphrodite de Cyrène, un corps pour peintre de nus. Tiens, tiens, cela me donna des idées et je ne tardai pas à lui poser la question de confiance : je devinais bien qu'elle ne refuserait pas, qu'elle sauterait même sur l'occasion. Et je replongeai dans la peinture.

Ce fut une période heureuse car rien de tel que le travail pour oublier ses misères. Comme la classe ne me fatiguait pas beaucoup – je n'avais qu'une dizaine d'élèves – je pouvais consacrer beaucoup de temps à mon art... Je me demande bien où sont passés avec le temps tous ces dessins que je fis ? Il m'en reste deux, les autres ont dû plaire à des amateurs de chair fraîche !

Cécile avait aussi d'autres talents : elle chantait comme une source, dansait comme une sylphide et racontait des histoires en patois. Elle avait à un haut degré le sens de l'humour. Moi pas. Ou plutôt jusque-là mon sens de l'humour n'avait pas eu l'occasion de se manifester. Il se réveilla à son contact, mais devint tout de suite noir... Contrairement à ma nouvelle amie, je n'avais aucun talent de société, je ne savais pas danser (elle m'apprit tant bien que mal, car mes pieds étaient d'une grande bêtise), et les histoires drôles, je ne m'en souvenais jamais. Je ne sais qu'écouter, pas raconter. Je reste la bouche ouverte. Les oreilles aussi. Je brille par l'absence de mon rayonnement. Je ressuscite après, quand y a plus personne.

Tous les jours de congé, j'allais réveiller Cécile, qu'était une fille unique tout ce qu'il y avait de plus mal éduquée : elle se levait à des heures impossibles, comme une princesse. J'appelais ça le lever de Louis XIV. Mais comme j'étais un « courtisan » mal léché, je la secouais avec ces mots : « Qu'est-ce que tu fiches encore au lit à cette heure-ci ! » Elle riait.

Tout le monde ne s'entendait-il pas pour lui rendre la vie agréable ? Ses père et mère l'idolâtraient, ses amis l'adoraient. Jusqu'au curé qui en était fou. Pauvre curé ! il aurait bien voulu se marier... Il couvrait sa paroissienne de petits cadeaux : bas de soie, stylos billes (les premiers). Et Cécile riait. Moi aussi, j'avoue... C'était tellement inattendu !

Cécile était née princesse. Pas besoin pour ça d'avoir vu le jour dans un château, ni d'être riche. Il suffit d'être belle et d'avoir un caractère adéquat, de se persuader qu'on est pleine de charme et d'esprit, et d'avoir de l'imagination et de la confiance en soi. De vouloir plaire. Et la vie vous sourit, parce que vous lui souriez.

Tout le monde peut pas...

Un certain Willy me disait un jour : « Il y a des gens qui sont nés pour aimer et d'autres pour être aimés. Toi, tu es née pour aimer et moi, pour être aimé ! » C'était vrai, et tellement on se plaît comme on est que je n'aurais pas voulu changer. Aimer, c'est merveilleux. Cécile avait choisi d'être aimée et pour cela, elle commençait par s'aimer elle-même.

CHAPITRE 26

Mon amie avait une grande admiration pour ma culture qui n'était pourtant pas conséquente. Ce fut ma meilleure élève, avide de tout apprendre, et pour cause : elle avait quitté l'école après le certificat. Pas de lycée près de chez elle, et ses parents ne désiraient pas la mettre en pension. Ils craignaient pour sa santé (ou bien pour leur porte-monnaie). Elle en éprouvait un certain complexe d'infériorité que, par orgueil, elle dissimulait parfaitement.

Aussi se jetait-elle gaillardement sur tous les livres de ma bibliothèque.

Ses parents l'avaient élevée à la mode d'autrefois, en fille qui devait se marier. Avec un militaire comme son père, ce qu'elle acceptait joyeusement, car rien ne l'attirait plus qu'un costume de soldat. Elle n'aurait donc pas à gagner sa vie, ses parents y pourvoiraient, puis son époux. Cela devait être, cela serait et cela fut... Mon amie trouvait très agréable de draguer le militaire. Et ils étaient nombreux dans la région, les fils de cultivateurs qui avaient préféré la mitraillette à la charrue de leur père...

Donc Cécile possédait tout un éventaire de galants parmi lesquels elle n'aurait plus qu'à choisir, une fois la guerre terminée... s'ils revenaient! ... En attendant, elle entretenait un abondant courrier avec la zone des armées, et fréquentait sa voisine, laquelle faisait chanter et danser la cigale, la dessinait nue, l'initiait à la littérature et à la musique. C'était pas une guerre désagréable... Le seul moment critique fut lorsque l'ennemi, en perte de vitesse, menaça d'expédier dans les usines allemandes tous les jeunes français sans occupation... Sa beauté n'était pas faite pour voyager dans les wagons à bestiaux. La mienne à la rigueur... Eh bien, je partirais à sa place! Je le pensais vraiment. Comme pour conduire les ambulances. Mais j'arrivais pas à mettre mes projets stoïciens à exécution.

Personne au village ne fut réquisitionné. Cependant, pour parer à ce danger éventuel, les bonnes sœurs, que Cécile fréquentait aussi, l'embauchèrent: elle ferait la classe aux petits. Elle arrivait, la perruque tire-bouchonnée, à la récréation de dix heures. Les sœurs avaient déjà préparé la classe, corrigé les cahiers, et expliqué les leçons aux élèves. Cécile avait trouvé une place privilégiée ! Même les sœurs subissaient sans s'en rendre compte le charme du démon !

Mon amie était donc en excellentes relations avec la chrétienté du village. D'une famille à la fois catholique et tolérante, elle honorait de son amitié les instits des deux bords, butinant chez l'une – moi en l'occurrence – de quoi cultiver son esprit et chez les autres de quoi cultiver son âme. Une âme qui s'éveillait dangereusement. Et les nonnes, aidées de leur curé, qui s'y prenait tout autrement, avaient bien du mal à endiguer la sensualité naissante de cette nymphe. Car le bon Dieu jouait à cache-cache dans sa cervelle avec des préoccupations plus terre à terre. Et le remords ne ternissait pas longtemps l'humeur de cette délicieuse vierge. Elle faisait en vitesse trois pater et deux ave, et se perdait en conjectures sur la venue probable de Marcelin...

Où était-il passé celui-là ? Je me morfondais à l'attendre. Des mois sans nouvelles... J'avais beau faire semblant d'oublier, il était toujours là dans ma tête, à tournicoter. Et Cécile n'était pas dupe : je m'étourdissais pour ne pas souffrir.

Mine de rien, je m'étais renseignée auprès de ses anciens amis : je savais qu'il avait tenté de gagner la zone libre et qu'il avait « disparu »...

C'était bien lui, d'aller se fourrer où il fallait pas ! Tout avait pu lui arriver ! « disparu » ça veut en dire des choses ! J'en étais là, lorsqu'enfin je reçus une lettre : il était vivant, en prison seulement, ce qui était un moindre mal en ces temps de guerre. Et comme c'était un sacré débrouillard, il avait réussi à se faire embaucher aux cuisines... Il allait bientôt sortir et m'annonçait sa prochaine visite.

Je ne me posai pas de questions. Tout de même, la cartomancienne me l'avait bien dit, mais je ne l'avais pas crue (Cécile, elle y croyait à sa cartomancienne !). Nous allions donc voir débarquer Marcelin avant les Américains. Cécile en frétillait d'avance, elle allait voir mon amant ! constater de visu sa beauté et son charme, vérifier un peu si j'avais pas menti... Mais, au fait, qu'allions-nous raconter à ses parents ? Quoi dire ? eh bien, c'était simple : « On dira que c'est ton frère ! » Pourquoi pas ? (Elle n'était pas à un péché près !)

Ainsi fut fait et le père de Cécile déclara même qu'on se ressemblait, ce qui faillit la faire étouffer de rire, derrière sa serviette (la famille déjeunait). Heureusement que j'étais pas là, moi qui sais pas mentir !

Ce fut la dernière fois que je reçus Marcelin. Le charme était rompu, le vase brisé...

l'amour fuyait malgré mes efforts pour le retrouver, pour me raccrocher. Les grands amours sont fragiles et têtus : ils veulent pas mourir. Ils se veulent éternels : rien ne l'est. Je me rendais compte que ma jeunesse passait bêtement à attendre quoi ? un partenaire qui ne serait jamais libre. Et le prochain rendez-vous, comme vous savez, j'y suis pas allée, même si j'ai eu ensuite un sacré sursaut de désespoir...

La page était tournée ; mais elle s'effacerait jamais. Le beau Marcelin revenait hanter mes rêves. De loin en loin, comme pour signifier : « Tu vois, je ne t'ai pas quittée »...

Cinquante ans plus tard :

L'autre nuit, il est arrivé comme ça : il frappe. J'ouvre : c'est lui ! Je me jette dans ses bras et lui demande : « Tu restes ? Non, dit-il, je ne peux pas ». Et aussitôt il tourne le dos, prend la porte et disparaît.

Je me réveille en larmes. Impossible de me calmer. Je revivais la douleur d'autrefois, l'amour d'autrefois, que j'avais enseveli tant de décennies...

J'ai appris un mois plus tard qu'il était mort cette semaine-là... Il est venu me faire ses adieux. Il ne m'avait donc pas oubliée !

Tandis que Cécile rêvait de libertinage, moi je subissais l'influence contraire : je retournais à la religion de ma Grand-Mère... À cause de l'ennui inguérissable qui s'épaississait en moi avec la guerre et le souvenir de Marcelin que j'avais perdu par ma faute, à cause des bonnes sœurs de Cécile qu'avaient des sourires angéliques sous leurs cornettes Immaculée Conception. À cause aussi de cette lutte sourde que me faisait mon entourage immédiat, pressé de me voir rejoindre les rangs... À cause enfin de la vieille église romane dont le clocher exerçait sur moi un attrait irrésistible... La foi, elle peut dépendre de la forme d'un clocher ! Si elle avait eu une flèche prétentieuse, l'église du village, elle m'aurait été indifférente. Justement, elle avait tout pour me plaire : la simplicité, le dépouillement, le clair-obscur, la chape de lierre... Pour moi, la pureté, elle est romane, pas gothique. Le bon Dieu, il aime pas les dentelles.

Mon premier contact avec les religieuses avait été tout à fait inattendu. Un premier avril. Tiens, tiens... ce jour-là je l'avais oublié !

« Sœur Marthe veut te parler. Cours vite ! » me dit Cécile. Je trouvais bien ça bizarre, mais à cette époque je n'étais pas encore méfiante. Si on me disait : cours ! je courais. Sœur Marthe, elle, rigolait ! « C'est un poisson ! » me dit-elle avec le sourire. Furieuse je reviens et j'allonge à la coupable une claque retentissante. J'étais pas tendre! J'aimais pas qu'on se moque de moi, même un premier avril. Les farces, je ne savais pas ce que c'était, j'avais toujours vécu avec des bonnets de nuit. M'amuser: j'avais pas eu le temps, ni l'envie... Vexée, Cécile se retire chez elle...

Je ressassais mes remords depuis deux heures lorsqu'elle repointe son nez à ma porte. Soulagée de voir qu'elle n'est plus fâchée, j'ouvre... et je reçois une gifle magistrale...

Pendant que je ruminais mes regrets, Cécile ruminait sa vengeance... Tout de même deux heures après, elle avait de la suite dans les idées froides, cette gamine!

Quelquefois ainsi, Cécile m'étonnait par ses réactions diaboliques. C'était comme si tout un côté savamment caché de sa nature effleurait la surface de ma conscience. Je la découvrais sous un autre jour, diamétralement opposé. Quand elle me disait: «J'aurais voulu être une grande dame et me promener le fouet à la main», le pensait-elle ou bien m'essayait-elle? Sa candeur n'était-elle qu'un mince vernis éducatif, ou bien sa cruauté une parade de comédienne?

Elle se voyait en marquise de Merteuil ou Mata-Hari! et si elle ne pensait pas encore tirer de ses lectures une ligne de conduite, elle en approchait. Rien ne l'emballa plus que cette leçon de mystification des Liaisons dangereuses. Elle trouva ce livre réjouissant! Et les remords de Raskolnikov[12] la laissaient songeuse. Pourquoi ces remords? Les raisons de son crime étaient parfaitement valables! et un crime parfait, c'était une œuvre d'art...

Éducative qu'elle était ma bibliothèque, dans un sens que j'avais pas prévu, moi, la niaise!

C'est sur moi qu'elle essaya ses premières armes. Son imagination lui fournissait les idées les plus abracadabrantes. Un jour, elle ouvrit négligemment la porte de mon petit musée scolaire et, tirant comme au hasard une petite fiole remplie d'un liquide jaunâtre: «Qu'est-ce que c'est ça?» – Je n'en sais rien!» La science ne tracassait pas mon amour-propre... mais comme elle attendait visiblement une réponse, je reniflai consciencieusement le liquide: «C'est de l'ammoniaque», j'avais reconnu l'odeur. Alors, elle partit d'un fou-rire machiavélique... Elle avait uriné la veille dans le flacon pour le plaisir de me tendre un piège!

Une vraie farce d'enfant de douze ans: peut-être, mais je n'appréciais pas les farces et celle-ci

12. Le héros de Crime et Châtiment de Dostoïevski.

m'ouvrait des horizons que j'aurais préféré ne pas voir... J'avais mes côtés rigides...

Une fois mariée, Cécile, elle n'a eu aucune peine à envoyer promener toutes les leçons de morale chrétienne dont on l'avait abreuvée. Comme quoi la fameuse empreinte de l'éducation, elle ne marque sans doute que les esprits prédestinés. Cécile, elle était née épicurienne : elle voulait jouir, s'amuser, bien vivre. Même s'il le fallait, aux dépens des autres : tant pis pour ceux qui ne sauraient pas se défendre !

On divergeait...

CHAPITRE 27

Remarquez que l'absolu religieux, moi, il m'avait déjà tentée à dix-huit ans, c'était pas si loin… J'avais conservé alors des relations épistolaires avec un prof de dessin que j'aimais bien, d'abord à cause du dessin, puis parce qu'elle était vendéenne comme ma Grand-Mère, et laide comme moi… Si laide qu'un jour elle m'a écrit qu'elle entrait au couvent. La vie, elle pouvait plus la supporter. Suffisait qu'elle approche pour que l'amour se carapate. Elle courait après l'amour, elle a fini par trouver celui de Dieu. Celui-là, il pouvait pas lui échapper. Alors, elle l'a cramponné et elle est partie s'enfermer avec lui dans un cloître de Bénédictines. Ça m'a vraiment frappée… Pour que le bon Dieu, Il parvienne à lui faire tout lâcher comme ça, fallait qu'Il soit drôlement fort. Car cette femme, elle avait tout ce que moi, à dix-huit ans, je désirais : le métier, la voiture, l'appartement en banlieue dans un immeuble moderne... sans compter un vrai talent de peintre. Et l'auto « sport », s'il vous plaît, avec laquelle nous avions visité tous les châteaux de la Vendée, sans oublier les églises romanes et les abbayes. Eh bien, tout ça, elle l'avait abandonné pour l'amour d'un Dieu invisible. Parce que Celui-là, elle était sûre qu'Il la repousserait pas.

Cet amour-là, c'est sûrement le plus parfait de tous. Il s'empêtre pas dans la matière. Pendant quelques mois, je m'étais cramponnée aussi. Toute la religion de ma Grand-Mère avait reflué dans mes veines. Mais j'étais un mauvais lit de rivière, un oued du désert : après l'orage j'étais pleine de foi, et le lendemain j'étais à sec. J'avais beau me dire : c'est une solution efficace pour l'esprit, aussitôt le corps répliquait : mais le physique ? et je m'étais dégonflée...

Croire tous les jours, c'est pas facile... La foi, ça vous prend, ça vous quitte. Tout à fait comme l'amour, puisque c'en est ! C'est pourquoi les grandes crises de mysticisme, c'est à vingt ans qu'on les éprouve. Ou à cinquante. Parce qu'à cinquante, on voudrait bien tout recommencer...

Est-ce l'esprit qui commande le corps ? Est-ce le corps qui influence l'esprit ?

Si j'étais entrée au couvent, j'aurais possédé l'absolu. Je n'aurais eu plus rien à chercher... Mais je n'étais pas faite pour me reposer. D'ailleurs, quand on a cherché longtemps, est-on si satisfait que cela d'avoir trouvé ? Il est peut-être plus agréable qu'on l'imagine de toujours aller à la chasse aux idées, aux émotions ? Ça donne un but à l'existence. Et l'espoir, il vous mène ainsi jusqu'au bout de votre vie : en parachute. Et le parachute, il vous déposera tout doucement dans la tombe...

Il faut toujours espérer, sinon le parachute, il se met en torche...

Donc, sous le règne de Cécile, on vit cette chose extraordinaire dans nos régions d'intolérance religieuse : la régente de l'école laïque faire bon ménage avec le curé et les bonnes sœurs ! Car s'il y a des braves gens partout, faut surtout pas qu'ils se mélangent. Mais pour moi, il n'y a jamais eu de clan, ni de barrière, ni de parti : y a que des hommes à la surface de la terre et qui ont tous les mêmes désirs : être le moins malheureux possible. Et qui peuvent très bien s'entendre, même avec des opinions différentes, parce qu'entre nous, les opinions c'est variable, interchangeables malléable, illusoire. Avez-vous pensé toute votre vie la même chose ? avez-vous à cinquante ans les mêmes idées qu'à vingt? Laquelle qu'est la bonne dans tout ça : celle que vous aviez à vingt ou celle que vous avez à soixante ?

Quelqu'un qui a dû s'en apercevoir, à ce moment-là, de mon changement d'opinion, ç'a été mon nouvel IP – inspecteur primaire – (j'étais plus sous les ordres du Commandeur). Un brave type, celui-là. Moi qu'ai dit beaucoup de choses dures et méritées sur l'autre, celui-là, je ferai son éloge car je sais reconnaître les qualités d'un patron, quand il en a. Les qualités d'un chef, monsieur T., il les avait toutes : compréhensif, humain, juste et paternel. On pouvait rien lui demander de plus. Si je n'avais pas cultivé d'une façon malsaine et irrésistible l'art de rater ma vie, je l'avais bel et bien l'occasion de renflouer ma valeur sociale. Et de faire une carrière pédagogique, unie comme un ruban de satin. Mais depuis quand j'aurais fait comme tout le monde ? Aurais-je ménagé mes intérêts ? Vous le savez : pour moi, c'était pas possible... La petite vie peinarde de régente bien notée par son inspecteur, c'était pas pour moi. Mon inconscient, il en voulait pas. Il aimait les histoires drôles. Les complications. Les dualités. Quand ça allait trop bien pour moi, mon inconscient il s'arrangeait pour glisser au grand jour de ma cervelle l'idée explosive qui ferait avec ma tranquillité une gerbe d'étincelles ! C'est comme ça qu'au lieu de demeurer dans la circonscription de cet homme juste et généreux, je me suis bien vite sauvée dans celle qu'il fallait pas. Les Commandeurs, je les recherchais. Ils étaient le nord de ma boussole. C'était écrit dans mon horoscope. Ou dans mon hérédité. Ou dans mon enfance ratée. Mais j'anticipe ! Revenons à monsieur T. Il ne considérait pas ses inférieurs d'un air arrogant et prétentieux : ça prouvait son intelligence. Il ne se mettait jamais en colère : ça prouvait sa maîtrise. Il savait aussi pardonner : ça prouvait sa bonté.

Quand il venait nous inspecter, monsieur T. n'entrait pas brutalement comme un malappris dans la classe. Non ! il passait et repassait plusieurs fois devant l'école, mine de rien, comme s'il faisait une petite balade personnelle, s'exposant bien au regard des maîtres, des élèves et des voisins. Bien rare que sur la quantité, personne n'aperçoive sa barbiche... Ça ratait pas ! « Mzelle, y a l'inspecteur qu'est parti par là ! » Alors je me précipitais chez moi pour mettre en son honneur un corsage propre. J'étais plus à mon aise. Faut pas grand-chose parfois pour vous redonner de l'assurance... Ce qui faisait dire malicieusement à Cécile : « Quand Sabine aperçoit l'inspecteur, vite elle change de chemise ! »

Non, celui-là, il était sérieux, mais croyez-vous qu'ils le sont tous ? J'en ai connu des collègues qui se vantaient de déguster le « café du pauvre » avec leur inspecteur ! Ça faisait de mal à personne qu'elles disaient. Et même beaucoup de bien à leur avancement...

« Paul Fort, vous aimez ? » qu'il m'avait un jour demandé monsieur T. en consultant mon « tableau des récitations » (où trônait Le petit cheval dans le mauvais temps). Cette question, c'était rien, mais à moi, poète, ça m'avait fait un coup de soleil au cœur.

Mais ce jour de certificat, il l'a bien vu que la bonne sœur s'accrochait à mes basques et que je lui rendais ses sourires. Moi, j'ai bien vu son regard étonné. Il me regardait avec curiosité.

Qu'a-t-il pensé ? que je trahissais sans même avoir la ruse de le dissimuler ? ou bien que je devenais folle ? Sûr qu'il a dû le penser ! et que dans cette cervelle bizarre, quelque chose commençait à tourner carré. Est-ce que j'allais faire comme l'autre collègue qui se baladait dans la cour toute seule, son cabas renversé sur sa tête ? ou bien sombrer dans la folie mystique ?

Il ne m'en a jamais parlé et ne m'en a jamais tenu rigueur. Il comprenait tout, monsieur T. La folie c'était pas pour le surprendre : il avait, paraît-il, un enfant anormal.

Tout de même, la bonne sœur, elle m'avait bien eue avec ses minauderies. Exprès qu'elle faisait de s'afficher avec moi devant lui.

Les purs, on les exploitait. Vous me direz que pour servir le bon Dieu, tous les moyens sont bons ! Pas pour moi, et soudain le dégoût m'éloigna de la religion. Définitivement. Car la foi est une chose et le culte une autre : grandeur et décadence. Après avoir découvert les défauts de mon clan, je venais de découvrir les défauts de celui d'en face : pas moindres.

J'étais écœurée et désormais je ne pencherais ni à droite ni à gauche, j'irais tout droit. Par nature, j'étais tolérante, mais je n'acceptais pas que l'on exploite ma naïveté, ni celle des autres. Respect envers chaque individu, s'il vous plaît. Tant pis si je restais toute seule. J'avais l'habitude et celle de tout rater.

Remarquez que le curé, il était moins hypocrite. Ses ardeurs amoureuses pour mon amie, il avait bien de la peine à les cacher. Quelquefois même, il essayait de lui faire partager. Puis après, il se précipitait aux pieds de la Sainte Vierge. Une vierge pour l'amour terrestre, une pour l'amour céleste... Mais au moins, il ne péchait pas par calcul, il péchait par sincérité.

Aussi fut-il lui aussi toujours très mal considéré par son administration. Son Commandeur l'envoya pourrir avant l'âge dans une maison de retraite…

Lui et moi, on s'entendait. Les gens de bonne volonté s'entendent toujours, quelles que soient leurs opinions.

Des hauteurs mystiques je suis tombée dans les petitesses quotidiennes. Sans transition !

J'avais perdu Dieu, comme j'avais perdu Marcelin, comme j'avais perdu ma mère, le prix de Rome et le professorat. Comme je perdais tout ce à quoi je tenais trop, parce que j'avais peur du bonheur… C'était trop beau pour moi !

…

Peur du bonheur, peur de rater le train du bonheur et pourtant je courais après, rien ne pouvait m'empêcher de courir. J'avais à la fois peur de rater et un espoir fou d'arriver quand même. L'espoir, il se camouflait derrière la peur. Il était toujours là, à l'arrière plan, à guetter la bonne occase. À faire contre-poids. Je ratais immédiatement mon train, mais ce n'était pas de ma faute : on m'avait retardée, induite en erreur, indiqué la mauvaise voie, la mauvaise heure. Il fallait donc recommencer, courir après un autre train. Il y en avait d'autres, encore, toujours ! L'espoir était increvable.

Si on savait ça tout petit, on s'embêterait pas avec ses semblables, on s'en irait tout de suite vivre dans la forêt avec les sangliers et les loups, plutôt que dans la société avec des insociables qui finissent par vous rendre comme eux. Mais on ne sait pas. Quand on sait, c'est trop tard. Toujours.

Les plus insociables du reste, on les retrouve souvent à la tête des sociétés, surtout dans l'Administration. C'est curieux comme le tempérament malveillant, il aime monter en grade. Cela s'explique : en haut, on ne le fera plus suer, c'est lui qui fera suer les autres ! Alors tous les agressifs, les sadiques, les intraitables, ils s'empressent de monter sur un trône. Là, ils seront tranquilles, ils pourront tout à leur aise perfectionner leurs méthodes. Enfin bref, je ne veux pas faire de politique, c'est pas ça qui m'intéresse : moi c'est la psychologie. Mais ça n'empêche pas de remarquer ce qui se passe à côté.

Les souvenirs sont culs de jatte : ils se traînent comme ils peuvent. Ils aiment pas la chronologie. Alors tant pis je vais encore une fois revenir en arrière.

Non j'ai vraiment pas eu de chance, j'ai encore mal débuté dans l'administration.

L'Inspecteur primaire (mon premier) qui planait sur ma circonscription du Bocage, il arrivait sans bruit comme un oiseau de proie. Il était là devant vous... Comment qu'il était entré ? par la porte ? pas sûr : il avait pas frappé... Tout gris, il m'apparaissait. Et moi je devenais toute rouge, puis toute blanche... Ce sont mes élèves qui me l'ont dit plus tard. Les élèves eux aussi, ont très peur des inspecteurs. S'ils savaient les pauvres, ils seraient rassurés. Mais ils savent pas. On va pas leur dire qu'ils ne sont pas concernés !

Cet homme-là, donc, était du genre glacial, muet, raide, hautain. Il supervisait dédaigneusement, faisait la grimace mais gardait ses impressions pour lui, et ne donnait jamais la réponse au gamin qui tremblait de trouille et séchait... Il conservait ses distances jusqu'au bout, puis s'en allait sans le moindre petit mot aimable... Depuis quand est-on gentil avec ses inférieurs ? C'est bon pour le paysan de dire des mots doux à ses bœufs ! Ce chef hiérarchique, il savait juste manier l'aiguillon.

Vu sa taille et sa froideur, je le surnommai : le Commandeur.

Le Commandeur n'avait donc pas le sourire facile. Il avait même pas de sourire du tout. Du moins avec les recrues de mon genre qu'avaient commis le crime d'ignorer l'École Normale...

Sa femme en dirigeait une. Alors, pour eux, ça s'explique : y avait rien au-dessus. Le malheur, c'est que dans notre département de guerre religieuse, on entraînait les soldats de la laïcité à être aussi bornés, aussi sectaires que ceux du curé (je ne dis pas : du bon Dieu, il est vraiment en dehors de la question). Sous la troisième République, y avait sûrement pas mieux que l'École Normale comme école de sectarisme et de pédanterie. Quand on sortait de cette cuisse de Jupiter, on se considérait comme un des meilleurs maîtres de la région. On en avait tous les défauts humains, à côté de toutes les qualités pédagogiques. Et le respect des institutions, des grades, des hiérarchies, des savants et des écrivains consacrés, les normaliens, ils en étaient teintés et reteints, que la teinture, on pouvait être sûr qu'elle ne passerait jamais !

Ce chef de personnel, donc, il se contentait pas de me brimer dans mon travail : il envoyait sa femme en douce faire une enquête policière et secrète dans mon village. Il mettait sa note de travail et elle sa note de conduite, et ils faisaient la moyenne des deux. C'était un ménage bien organisé ! Parce que, en ce temps-là, dans notre département de guerre religieuse, l'instit laïque devait être aussi vertueuse que le curé. Fallait concurrencer la vertu du curé ! du moins en apparence, des deux côtés on se contentait des apparences... Fallait cacher son jeu ! dissimuler ses bons amis (ou bonnes amies) dans sa manchette comme les illusionnistes. Et moi j'avais une naïveté à toute épreuve ! je me croyais libre – je me voulais libre ! – alors n'est-ce pas... Je ne cachais rien du tout ! D'ailleurs le grand amour, où avez-vous vu qu'on puisse le cacher ? Alors on m'a balancée à l'autre bout du département, au bord de la mer, comme vous savez. Quelle chance pour une fois !

Parce que je suis honnête, avant de critiquer les autres, je dois d'abord faire mon auto-critique (même si nous ne sommes pas en Chine !).

CHAPITRE 28

Je sais, je sais, et je ne l'ai jamais caché : je ne suis pas entrée dans l'enseignement primaire par vocation. Ma ferme intention était de devenir prof de dessin, comme je l'ai déjà dit. Pardonnez-moi si je radote. Mais ne voulant plus rester à charge de mes tantes et de ma Grand-Mère, j'ai voulu gagner ma vie. J'avais bien envie d'enseigner, alors pourquoi pas instit puisqu'à cette époque on en manquait ? Bien sûr on m'accueillit à bras ouverts. Et l'on m'envoya en suppléance, à trois kilomètres de chez ma Grand-Mère.

Y a-t-il des métiers ordinaires accessibles aux artistes ? Comment pourrait-il y en avoir ? L'artiste est né pour exercer son art, comme le médecin pour exercer la médecine. Mais voilà : il y a des médecins qui sont aussi doués pour la peinture... Ont-ils choisi le bon métier ? Ou ont-ils subi l'influence de leurs proches ?

Ma carrière d'institutrice, qui devait être provisoire et dura vingt-cinq ans, aurait pu être une carrière tout à fait banale. Mais mon caractère ne l'était pas. Même si j'aimais les enfants et me destinais à l'enseignement, je préférais les grands élèves avec lesquels on peut discuter. Je ne savais pas bien parler aux petits... Je n'étais pas douée pour la maternelle, et dans les classes uniques de Vendée (c'étaient les plus nombreuses en ce temps-là), il y avait des élèves de tous les âges. Il fallait donc mener de front tous les niveaux : apprendre à lire aux débutants, amener les grands au certificat et ne pas oublier la moyenne section. On s'y fait à la longue, mais les débuts sont scabreux ! Et je passais de très longues veillées solitaires, à préparer ma classe pour le lendemain, à essayer de deviner toutes les astuces que je n'avais pas apprises, n'étant pas normalienne...

J'aurais pu, certes aller trouver un collègue et demander humblement des conseils. Mais de quoi aurais-je eu l'air ? (Ah ! l'orgueil stupide !) En réalité il y avait une autre raison qui me paralysait : la mauvaise impression qu'ils m'avaient faite, ces collègues, lors de ma première « conférence pédagogique ».

Lorsque je me retrouvai ce jour-là dans une cour d'école au milieu de tous mes confrères, je fus tout de suite frappée par l'aspect physique de ces personnes. Les femmes, bien nippées, bien coiffées (alors que j'étais venue avec mon vieil imper – je n'avais rien d'autre ! – ma coiffure négligée et mon air sans doute impénétrable) me jetaient des coups d'œil méprisants que je faisais semblant d'ignorer. Les messieurs, par contre, c'étaient des ombres. Mouvantes. Effacées. Filant doux. La virilité avait changé de camp. Aucun doute, c'était madame qui portait la culotte. Monsieur, préférant la tranquillité, lui laissait la place, il ne voulait pas d'histoire ! ... Des femmes « libérées » (on ignorait ce terme à l'époque) y en avait-il ? Je n'en ai pas vu. Quant à l'inspecteur primaire, aucun souvenir, ni de lui, ni de sa conférence... Tout cela était secondaire, ce qui comptait pour moi : le contact humain... C'était raté ! Non ce monde-là n'était pas le mien. Mais le mien, où le rencontrer ?

Mon premier poste de suppléante à Saint-Michel-le-Cloucq, où je passais toute l'année, ne fut pas le plus désagréable. Je m'entendis fort bien avec mes élèves, même si je devais me débattre chaque jour avec de sacrées difficultés. Pour la grande division, je m'en tirais à peu près. Mais les petits ? Quel casse-tête ! Je disais à un pauvre gosse du cours préparatoire : « Cherche ton problème ! » et l'enfant demandait le soir à sa mère : « Maman, comment qu'on fait pour chercher un problème ? » Quand la mère me rapporta cette anecdote, je compris qu'on ne s'improvise par de but en blanc instit. Mais en ces temps archaïques, c'était ainsi : on vous embauchait sans vous donner les clés du royaume… (les instits sont maintenant bien formés). Je finis par découvrir les vertus du matériel et je fabriquais de petites « bûchettes »… Par contre les yeux des enfants brillaient de tout leur éclat, lorsque j'annonçais : « Allez, on va faire de la gymnastique », ou du dessin, ou du chant… Là mes vingt ans se rattrapaient (je remplaçais une collègue âgée, qui bien sûr, se contentait d'enseigner l'essentiel, mais il y avait des moins âgés qui oubliaient souvent ces trois disciplines : les préférées des enfants !)

Que pensaient les parents de cette remplaçante qu'on voyait souvent sur les routes, filer à toute allure sur son vieux vélo, ou qui s'installait au milieu des champs avec son matériel de peinture ? Eh bien ! ces gens du sud-Vendée étaient très bienveillants. Ils m'envoyaient de pleins paniers de légumes et de fruits ! On m'acceptait. La population avait les idées larges. J'eus le tort de vouloir me rapprocher de Nantes. Et là, dans le Bocage, ce fut une toute autre affaire !

Je fus donc nommée l'année suivante à B. tout au nord de la Vendée, cette fois. Et j'eus l'impression de reculer de cent ans en arrière. Ici, c'était le règne du curé, et les idées religieuses faisaient la loi, des idées intolérantes et fanatiques. Ces gens appliquaient, avant de la connaître, la devise de Pétain : « Dieu, famille, patrie ». À l'école laïque, il n'y avait que deux élèves. Et derrière le mur mitoyen, il y avait l'école « libre » ou s'entassaient tous les enfants du village, sauf les deux miens : fille et fils de cheminots. La stupéfaction passée, je me dis que j'allais pouvoir préparer sérieusement l'examen du professorat... Mais il aurait fallu un moral d'acier pour ignorer la vindicte, les tentatives malveillantes (la nuit on tambourinait à ma porte pour m'effrayer) et les regards hostiles lorsqu'on me croisait dans la rue. Quand j'avais trop le cafard, je prenais mon vélo et je roulais... C'est alors que j'eus l'idée de me fabriquer un pantalon pour être plus à l'aise. Car je roulais beaucoup, j'allais jusqu'à Nantes, tous les jeudis, aux Beaux-Arts, comme je l'avais prévu – seul moyen de dessiner du nu – (si les Bocains avaient su ça !). C'est à cette époque que je troquai mon vieux vélo contre une Motobécane. Je pense que je fus la première femme à porter le pantalon et à faire de la moto en Vendée avant la guerre. La Motobécane ne dura pas longtemps. Je grillai le moteur à force de rouler trop vite. Marcelin me l'échangea contre une moto plus rapide, mais qui brûlait trop d'essence (un jour de grande résolution, je finis par l'échanger contre un très beau vélo. J'avais été bien inspirée car la guerre arrivant, je n'aurais pas pu rouler, faute de carburant).

Ce fut alors le comble de l'indignation : j'étais devenue le Diable en personne ! Quand je m'arrêtais pour remplir mon réservoir, on m'appelait « monsieur » d'un air ironique. L'Inspection Académique commença à recevoir des lettres qui ne furent pas toutes anonymes et pas toutes signées de personnes étrangères à la corporation. Mes charmantes collègues s'en mêlèrent... Sur ces entrefaites, la guerre arriva et je fus mutée sur la côte. Ouf ! je quittai ce monde stupide et arriéré, mais je quittai aussi les Beaux-Arts... et mon grand amour comme vous savez.

Mais avant de continuer mon récit, je voudrais évoquer le souvenir d'un brave homme, qui, lui, ne me considérait pas comme un monstre et qui m'aimait peut-être en silence. C'était le secrétaire de mairie... La mairie était contiguë à mon logement. Les jours de congé, lorsque je ne sortais pas, je peignais chez moi en chantant à tue-tête tout mon répertoire (Piaf en particulier). C'est par hasard qu'un jour, je vis par ma fenêtre le secrétaire assis sur les marches de pierre qui conduisaient à la Mairie : il m'écoutait chanter... Une autre fois, il me remit une enveloppe contenant un don anonyme : un petit billet... je suis sûre que c'était lui le donateur. Pauvre homme, je l'ai bien vexé, le premier mai, en l'accusant d'être l'auteur d'un geste qui aurait dû me faire plaisir : on m'avait cueilli toutes les branches de mon lilas pour les déposer la nuit à ma porte. Il me dit : « Oh ! mademoiselle, vous ne voudriez pas ! » Mais j'étais sotte, soupe au lait et mécontente qu'on ait saccagé mon lilas. Bien sûr, il n'y était pour rien. Que sa mémoire me pardonne.

Il avait une fille de mon âge qui était très malade, toujours dans un fauteuil... Sans doute aurait-il voulu la voir pleine de vie comme moi... J'aurais aimé aller lui rendre visite mais j'ai craint la bêtise des voisins. Je n'aurais pas voulu que son père soit inquiété par ma faute.

J'ai passé trois ans dans ce trou perdu, où j'ai vécu pourtant mon plus bel amour.

En résumé, je n'ai rien à dire contre le métier d'instit. C'est un très beau métier pour celui qui a la vocation et les dons nécessaires, qui a de la patience, les nerfs solides, qui est capable de répéter comme une machine et d'appliquer les règlements comme un aveugle. Ces qualités-là, je les avais pas, j'en avais d'autres... Je n'étais pas du tout douée pour la pédagogie, mais par contre, j'adorais la psychologie : nuance ! Il est vrai que la pédagogie m'avait été enseignée par une chaise qui se balançait... Au bout de dix minutes d'efforts louables, je tournais la tête et regardais par la fenêtre les arbres... qui se balançaient aussi !

Les pédagogues ne sont pas toujours des éducateurs, mais plutôt des magnétophones (du moins en ce temps-là...). Le matin, ils mettent la machine en marche, et la bobine se dévide : deux heures de calcul, une heure d'histoire, deux heures de français, une heure de sciences. Point final. On arrête la bobine. Et on la remet en marche le lendemain. Les journées sont ainsi chronométrées et les programmes coupés en tranches mensuelles. Car au bout de l'année, il y a l'EXAMEN. Autrefois, c'était le certificat d'études, aujourd'hui : l'entrée en sixième. Et le but de l'instit c'est la réussite aux examens, c'est pas du tout la formation morale et intellectuelle de l'enfant. Parce que sa réputation à l'instit, elle est liée au pourcentage de succès aux examens.

Les élèves sont de petits magnétophones enregistrant ce que dit le gros magnétophone. De la perfection de cette mécanique dépendra la cote de l'instit, donc sa note, donc son traitement. Et comme dans notre société tout part et tout mène à l'argent, chacun travaille pour son porte-monnaie et se fout du reste. Même si le reste, c'est l'essentiel (il y a des exceptions certes, heureusement, mais elles sont rares, comme en grammaire...)

C'est pas la faute de l'instituteur, tout le monde ne s'appelle pas Freinet, il n'est qu'un domestique (de l'État). Son tort est de se croire un maître. Il est un esclave. Qui croit penser juste et qui pense souvent de travers. Parce qu'il a été déformé lui-même par des idées fausses.

Un souvenir : Madame R. est « de cantine ». La cantine fait partie des servitudes du métier, avec les fêtes, l'amicale, les ventes de timbres, etc. À la cantine comme au régiment, l'heure c'est l'heure et la quantité c'est la quantité. La qualité, hélas... Donc, les enfants de deux à quatorze ans sont attablés de midi à une heure devant la même assiettée de soupe, de haricots et de compote en boîte. Deux ans ! Imaginez les bébés s'endormant sur leur cuiller, rouges, cramoisis, pétant de toutes les coutures... Madame R. leur fait terminer leur assiette : faut pas en laisser, ça serait perdu, on n'a pas d'argent à perdre à la cantine et puis « quand on est bien élevé, n'est-ce pas, on finit son assiette ». Même si on dégobille après...

« Jean-Paul (cinq ans), qu'est-ce que tu fais ? T'as pas fini ? C'est l'heure ! T'emporteras ton assiette et t'iras finir dans la classe ! »

Et à deux heures, Jean-Paul est toujours devant ses haricots glacés...

Aujourd'hui, je craindrais plutôt le contraire : que personne ne s'aperçoive qu'un enfant difficile, il mange rien. Qu'il laisse sa bouffe ou qu'il la refile au voisin...

Mais qu'est-ce que ça peut faire à l'administration ? Bouffe ou pas, t'as payé... Et les maîtres, pas assez nombreux, ne peuvent pas tout voir...

Quant à la qualité... idem ! Qu'on démolisse la santé des petits avec les fayots pas cuits, une compote de mauvaise qualité et de la graisse à la place du beurre, qu'est-ce qui va s'en apercevoir ? Les parents, d'ailleurs, sont contents (débarrassés de la corvée !) et les gosses n'ont pas tous mauvaise mine...

Ah ! cette madame R. elle en faisait bien d'autres ! elle donnait aussi la fessée à ceux qui ne pigeaient pas assez vite ou qui rigolaient dans leur barbe... Et l'hiver, il en fallait du courage pour déculotter les bibendums, ils en avaient des bretelles, des tricots et des épaisseurs de culottes et de pantalons ! Mais elle voulait taper sur les fesses nues... Authentique... C'était dans la fin des années 50. Pas étonnant qu'on ait eu la révolution de 68 !

Mais, est-ce la faute de madame R. ou de sa bêtise ? et comment un cerveau aussi minable a-t-il peu réussir le concours de l'École Normale ? Bah ! il suffisait sans doute d'avoir une bonne mémoire.

J'ai tout vu dans le temps... Bien sûr, ça n'existe plus. C'est de la vieillerie à mettre dans le même sac à oubli que l'aventure de ma Grand-Mère qui, elle, m'avait raconté comment on punissait les bavardes chez les bonnes sœurs, un siècle plus tôt : on leur piquait la langue avec une aiguille...

Madame R. a quand même eu sa médaille de bronze pour faire joujou pendant sa retraite ! ...

Se pencher sur le problème des enfants (qui en avaient presque tous, comme moi, il n'y avait pas si longtemps) j'aurais aimé, mais je ne savais pas... Ce métier-là n'existait pas encore.

Individualiser l'enseignement me paraissait seul valable (je devins vite une fan de Freinet, malgré la grimace du Commandeur). Tous ces gosses n'avaient ni le même caractère, ni les mêmes goûts, ni la même forme d'intelligence, ni les mêmes aptitudes, et il fallait leur apprendre les mêmes choses dans le même temps et exiger les mêmes résultats. Je trouvais ça idiot, inutile et impossible. Mais comme j'étais pleine de bonne volonté, scrupuleuse et honnête, j'essayais... Les résultats étaient bons lorsque l'enfant était doué, sinon... je ne sais pas ! sait-on l'influence qu'on peut avoir sur les élèves ? ceux qui ne disent rien ?

Les deux premières années de cette carrière « provisoire » (qui dura longtemps !) se passèrent donc à tenter d'une part de deviner comment on s'y prenait pour façonner une cervelle de bambin sans faire trop de dégâts, d'autre part à farcir la mienne de cervelle avec les matières du professorat de dessin : histoire de l'art, anatomie, perspective – que j'apprenais toute seule. J'aurais vraiment dû manquer de temps. Il m'en restait encore pour m'ennuyer.

J'étais trop seule, je vivais comme une nonne... Alors je roulais, roulais... Je m'abrutissais à rouler. Ça endort, les chagrins.

Au bout de plusieurs années de cette situation (j'étais alors à la côte), soudain le dégoût de tout m'a prise. J'avais plus envie de rien faire. Que de me chauffer car j'étais devenue frileuse. Moi qui avais été si active, je me découvrais apathique. Faire ça? à quoi bon? pour quoi faire? Et j'ai commencé à souffrir de l'estomac. Ou il avait faim ou il avait mal. Et je te brûle et je te gratte et je te ballonne et je t'éructe. À chaque fois que je passais une radio, on me disait: « Probabilité d'ulcus! » L'ulcus, ça l'amusait bien, Cécile: « Tout le monde n'a pas des possibilités d'ulcus! » qu'elle me disait pour me faire enrager. Les toubibs latinistes, eux, étaient contents parce que ce n'étaient que des « probabilités ». Moi, j'aurais préféré un vrai ulcus qu'on voit ce que c'est! et qu'on puisse soigner! parce que les toubibs, ils me laissaient choir avec mes probabilités. Ça se soigne pas des probabilités! on attend que la maladie elle soit déclarée! Alors je me suis mise à avaler des poudres et à sucer des pastilles. Parce que je devenais acariâtre, avec cette usine d'acide chlorhydrique que je ne contrôlais plus.

Il y avait en plus, de temps de temps, des crises de foie, depuis le régime de Julie: tous les jours deux œufs frits dans du beurre, plus un bol de semoule au chocolat. C'était pas sa faute! je voulais rien d'autre! S'en suivaient des lavements tous les samedis, jour de lessive! J'ai mis vingt ans avant de comprendre que la verdure, elle avait son utilité. Le meilleur toubib, c'est soi-même, mais on l'oublie souvent celui-là!

Après l'estomac et le foie (ou plutôt en plus!), voilà qu'un jour j'urine du sang... Encore une radio et une engueulade. Mes reins étaient splendides! D'où qu'il venait ce sang? Le spécialiste me regardait de travers. Il doutait. Comme si j'avais triché! Ce qu'il m'a vexée!...

Alors j'ai continué à avoir mal partout sans raison... Dans la maladie, on ajoute toujours, on retranche jamais... Mais comme j'avais pas digéré qu'on m'accuse si cavalièrement, quand le chirurgien m'a dit: «Vos maux digestifs viennent de votre appendice», j'ai répliqué: «Eh bien, enlevez-la!», en pensant tout bas que j'avais jamais eu mal à cet endroit! Résultat de l'opération: mon appendice était rose comme la queue d'un petit cochon... J'ai ri toute seule, ravie, car j'allais avoir un bon petit congé maladie.

Mon collègue, il s'est tout de suite fait sa petite idée fausse: «Ah! Sabine a envie d'aller aux colonies? – Non, que j'ai répondu, pas aux colonies, à l'Opéra!» Il n'a pas compris tout de suite: parce que la convalescence, c'est à Paris que je l'ai passée, chez ma mère, qui n'a pas pu me refuser l'hospitalité (mais elle m'a fait coucher par terre, dans la cuisine!). Et tous les soirs, j'allais à l'Opéra. Pour parfaire ma petite culture musicale. Grâce à l'appendice... Mais le dernier billet, j'ai dû le refiler à la voisine, tellement j'étais fatiguée. J'ai bien regretté, on jouait Faust et j'aimais tant les ballets.

Enfin à son tour, mon cœur s'est mis à dérailler, à s'arrêter. Je me demandais s'il allait repartir. Ça fait bizarre, même quand on s'en moque, de mourir : on voudrait seulement être avertie ! Connaître le jour et l'heure de cet événement capital afin de n'en pas perdre une bouchée. Vous pensez ! j'en saurai rien comme toujours. J'ai encore passé une radio (j'aime bien voir comment je suis faite à l'intérieur). Ce qui est surprenant, c'est qu'à l'intérieur, mon corps est toujours parfait. Je suis comme ces vieilles bâtisses de Montmartre : à l'extérieur, on dirait que le bâtiment va s'écrouler, mais quand vous entrez, vous êtes tout surpris : les habitants, ils se sont fait là-dedans de beaux petits nids douillets. À l'intérieur, je suis comme ça : florissante. C'est à n'y rien comprendre.

CHAPITRE 29

Alors pourquoi qu'ils fonctionnent pas sans rien dire, mes organes ? Pourquoi qu'ils sont toujours en train de râler ? Pour qui se prennent-ils pour me promettre le paradis et balancer plus loin la carotte de l'âne ? et à m'exposer aux soupçons des malveillants, qui vous prennent pour des malades imaginaires ? Combien de fois je l'ai entendue cette accusation gratuite ! et pour leur donner raison, ma mine, elle était toujours bien rose, comme l'appendice !

Y en a même un (chef) qui m'a dit un jour : « Vous êtes trop heureuse, mademoiselle ! » alors que j'étais une fois de plus au bord du suicide. « Allons ! mademoiselle, ça ne va pas si mal que ça, faut pas vous regarder à travers des verres grossissants, faut vous occuper l'esprit ! (Ah ! elle est bien bonne celle-là, moi qui ne faisais que cela : m'occuper l'esprit !) Faut vous changer les idées ! » Bien sûr, je pense, mais on ne peut pas aller tous les soirs à l'Opéra quand on habite la Vendée parce qu'une appendice, on en a qu'une ! Hein ! si j'avais répondu cela, la tête qu'il aurait faite, mon chef! « Quel rapport ? », qu'il m'aurait demandé. « Un grand ! », que j'aurais répondu. Et il aurait tout de suite téléphoné au psychiatre ! J'aurais bien ri, parce que celui-là, je le connaissais déjà ! Vous pensez, je ne l'avais pas oublié dans ma tournée de consultations. C'est même par lui que j'avais commencé, parce que j'arrêtais pas de compter mes tours de pédale et que ça m'agaçait. Je pouvais pas m'en empêcher ! mais le psy, il a souri : « Si vous étiez folle, vous ne le sauriez pas », qu'il m'a dit. C'est pourtant vrai que j'ai pensé : ceux qui se prennent pour le bon Dieu, allez donc leur dire que c'est pas vrai. Vous verrez ! J'étais pas folle non plus, j'arrivais jamais à être quelqu'un d'original. Rien qu'une fonctionnaire, comme l'avait exigé le Général. Bien ronde, comme l'avait voulu Julie. Et qui s'emmerderait toute sa vie, comme l'avait souhaité ma mère...

C'est comme ça que les autres vous font. Car ce n'est pas vous qui vous faites : ça serait trop beau ! Et si vous êtes bien réussi, n'en tirez pas vanité : c'est pas grâce à vos capacités, c'est grâce au hasard, aux circonstances, elles vous ont été favorables, c'est tout ! C'est pas du tout votre volonté qui vous a pétri, façonné, moulé. À la naissance vous recevez les qualités d'une aïeule que vous connaîtrez jamais, les défauts d'un pépé qu'est même pas indiqué sur votre arbre généalogique. Et le petit don ou le gros vice qui se balade dans la « famille » depuis quelques générations. Et tout cela évoluera suivant l'ambiance, le milieu que vous aurez la chance ou la malchance de fréquenter. Et si elle est mauvaise l'ambiance, vous risquez de devenir un affreux raté...

Pas bien vu dans les familles, les ratés, ils font toujours trop de bruit, les ratés, ils prennent toujours trop de place, ils soulèvent toujours trop de questions. Ils exigent toujours trop de choses. Ils s'en vont pas tous faire fortune en Amérique. Ils sont au contraire souvent des timides, des pacifistes, quelquefois (souvent) des artistes. Ils font honte aux « familles » parce qu'ils savent pas gagner des sous et qu'ils s'en fichent. Ah ! là ! là ! s'ils s'en fichent !

Il y a aussi les ratés muets qui disent jamais rien, qui ne comptent sur personne, qui se débrouillent tout seuls, qui ne veulent surtout pas prolonger leur enfance, qui fichent le camp le plus vite possible, et qui deviennent fonctionnaires à défaut d'autre chose, parce qu'on leur a barré la route qu'ils avaient choisie et que trop solitaires ou trop orgueilleux, ils n'ont pas voulu prendre la main qu'on leur tendait.

Je me considérais comme une artiste ratée (mais il n'y avait que moi pour avoir cette opinion). J'avais renié ma vraie nature, ou plutôt je faisais semblant. Je trichais avec moi-même et avec les autres. Je ne disais plus ce que je pensais, sachant qu'on me comprendrait pas. Je faisais semblant d'être heureuse de mon sort. Je me dissimulais à la société qui m'avait trahie, mais ce n'est pas la société qui en a souffert : c'est moi.

Mon corps me plaisait pas, ma vie non plus. Alors pour supporter l'insupportable, je me droguais... Oh ! pas avec le haschich, ni le LSD dont j'ignorais l'existence, ni avec les liqueurs que je détestais, tout comme les vins, non, seulement avec les médicaments. Je n'avais pas du reste l'intention de me « droguer », mais de m'aider à supporter mes maux et ma fatigue. L'aspirine me redonnait du « punch ». Je n'en abusais pas : deux cachets tous les matins et j'étais en forme pour la journée. Il suffisait ensuite d'avaler des spécialités pour absorber l'acide qui creusait l'estomac... Ce régime a duré des années...

Mais l'ennui avait la peau dure. Un jour, je pris une grande résolution : je suis allée au chef-lieu trouver mon supérieur avec l'intention de l'attendrir sur mon sort malheureux... Qu'est-ce que je croyais ! que la chance allait me favoriser ? Ma chance elle était jamais là quand j'avais besoin d'elle. J'avais choisi mon jour, mon heure, mon bonhomme... (un autre genre de Général). Et je me présente juste après une collègue qui venait – elle aussi ! – demander son changement, parce qu'elle allait être fille-mère.

À cette époque préhistorique, c'était très mal vu, dans l'enseignement, d'être « fille-mère ». Le vieux, il était furibond, au paroxysme de la fureur... Et moi, pauvre innocente, je pénètre dans son bureau juste à cet instant sélect...

J'ai tout pris, toute l'avalanche de rage. Parce que la collègue, elle avait su se défendre. Froidement et poliment qu'elle l'avait rembarré, le chef, avec ses idées rétros ! À cause de son petit qui lui donnait du courage, du cran, de l'énergie, de l'imagination. Elle se laissait pas monter sur les pieds. Comme Binette, ma chatte, quand elle est enceinte. Essayez de la toucher. Mais moi ? J'avais pas de petit à défendre, j'étais pas du tout agressive ni même défensive, j'étais au trente-sixième dessous ! Aucun ressort, puisque je venais au contraire pour qu'on m'en donne.

Et le vieux, exacerbé, il m'a tellement suspectée d'être aussi enceinte que je ne savais plus ce que j'étais! le comble de la persuasion! Il confondait les deux cas! Si je voulais mon changement ce n'était bien sûr que pour la même raison: la grossesse! Il ne m'a pas laissée m'expliquer, il a refusé de lire la lettre que par précaution j'avais apportée avec moi (pour le cas où...). Il ne voulait croire que ce qu'il avait choisi de croire: que toutes les jeunes filles qui viendraient ce jour-là demander leur changement, c'était parce qu'elles avaient couché avec des bonhommes mariés et qu'elles voulaient fuir à l'autre bout du département!...

Toute sa mitraille, il l'a déchargée sur mes épaules avant de me renvoyer à mon poste. Inutile de vous dire comment je suis revenue. Aveuglée par un déluge de larmes, je m'en voulais à mort de ne pas avoir su défendre ma carcasse. J'avais décidément une tête de coupable qui attirait le couperet.

C'est la deuxième fois que j'ai pleuré trois jours de suite...

S'ennuyer quand on a vingt ans? Allons donc, ça ne s'était jamais vu dans l'administration, c'était une cause indéfendable. En plus: c'était la guerre... Qui ose se plaindre d'être à l'abri de la tourmente? Ça, je le réalisais. J'étais vraiment une imbécile. J'avais rêvé une fois de plus. Et comme dans certains rêves, j'étais tombée brusquement dans un trou. Noir.

Il fallait bien continuer à vivre. Heureusement, il y avait Cécile pour me distraire. Et les événements...

CHAPITRE 30

Car la guerre continuait, accumulait ses massacres, ses privations, ses inepties. Dans nos creux de dunes ensoleillées, Cécile et moi, nous n'en connaissions que les aspects secondaires : les colis aux affamés et le va-et-vient des « habits verts ». En dehors, nous promenions, la main dans la main, notre jeunesse inutile, lasse d'attendre des temps meilleurs. Les temps meilleurs pour nous, c'était le débarquement… Aurait-il lieu chez nous ? Pourquoi pas ? et nous scrutions la mer…

La jeunesse n'a peur de rien parce qu'elle ne sait rien. Sinon y aurait plus de guerre. Entre le vide et le risque, elle préfère le risque. Même le risque inutile. C'est pourquoi, de temps en temps, j'abandonnais Cécile et faisais un tour à Paris. Là, j'échangeais mes valises bourrées de victuailles contre quelques délicieuses émotions fortes. Le passage à la douane par exemple, où il fallait bien choisir son moment. Quand les soldats étaient occupés à vider la valise d'un voyageur, alors vous pouviez passer le nez en l'air en faisant semblant d'avoir une valise légère, légère. En général, ça marchait.

Une fois, je suis allée à Lorient, sous les bombardements, voir un peu comment c'était... J'avais là-bas un deuxième filleul de guerre (copain du premier), prisonnier qui travaillait à l'arsenal. Il pouvait sortir assez facilement. Toutes les nuits, la sirène nous invitait à rejoindre les caves. J'y suis jamais descendue. Non pas que je n'aie pas eu comme tout le monde une sainte frousse (la bravoure n'empêche pas la frousse, ç'a rien à voir! on peut se forcer à marcher, pas s'empêcher de trembler!), mais j'aimais mieux mourir sous les toits comme un oiseau plutôt que dans une cave comme un rat... Puis je revenais chez moi, heureuse d'avoir nargué la mort... Ô orgueil!

Tous les jeudis, Cécile et moi, nous chassions le ravitaillement, pour les prisonniers d'abord, puis les Parisiens, enfin pour les Vendéens qui n'étaient pas tous bien placés: les villes et leurs banlieues étaient soumises au régime strict des tickets: trois cents grammes (ou deux cent grammes selon les cas) de pain par jour, viande et matière grasse au compte-gouttes, sucre et café : une demi-livre par mois (et encore le café, c'était trois grains au milieu d'une poussière de glands ; on appelait ça : ersatz). Quant à la farine, il fallait se démerder. Les minoteries, elles servaient que leurs clients. Je sais : Julie m'y avait envoyée. Il y avait tout un trafic de troc entre certains paysans et de petits malins, mais ceux qui n'avaient rien à échanger ? Nous en étions... Restait le marché noir : du sucre à trois cents francs (de l'époque)[13] le kilo. Imaginez... Alors on s'en passait. Bien sûr, pas de chocolat, ni de savon (celui que l'on touchait avec sa carte équivalait à de la pierre ponce).

Et Julie, elle en avait des bouches à nourrir et du linge à laver, avec ses cinq petits pensionnaires juifs et sa sœur malade... Comment qu'elle avait fait pour les accepter, ces enfants juifs, elle qui n'aimait pas les « Youpins » ? Parce que c'était des enfants, c'est tout ! Julie elle avait le cœur sur la main, mais dans sa main, c'était tout ce qu'il y avait... Et les sacs de patates, de mogettes[14], les bons pains de froment, c'était ma bicyclette qui les apportait. À travers le département. Et le lendemain la bicyclette,

13. Le salaire d'un demi-mois.
14. Haricots.

elle me ramenait à mon poste, juste avant la classe, qu'il pleuve ou qu'il vente...

N'empêche que Julie et Mariette, elles avaient perdu vingt kilos. Pas moi...

En 1943, la maison de ma tante dut abriter quatre soldats allemands qui occupaient deux pièces du rez-de-chaussée, et l'occupant instaura le couvre-feu.

Le soir à la tombée du jour, Julie avait l'habitude d'aller chercher son lait à la ferme. Il y avait bien un kilomètre à parcourir dans la campagne et dans le noir... Lorsque les Allemands la virent sortir avec son pot au lait, ils l'arrêtèrent : « Couvre-feu, madame, pas sortir ! »... « Comment ? dit Julie, mais j'ai besoin de lait pour nourrir les enfants, vous n'allez tout de même pas les priver de lait ! » Elle avait un ton si convaincant qu'après réflexion, on la laissa passer. C'est comme ça qu'elle put alimenter ses petits Juifs, à la barbe des schleus, aussi cocasse que cela paraisse aujourd'hui !

Ils eurent une sacrée chance, ces enfants-là ! Ils fréquentèrent l'école du village, sans même avoir changé de nom (un nom polonais) et, comble d'imprudence, les parents venaient les voir aux vacances. Ils circulèrent sans jamais avoir à montrer leurs papiers ! Comme quoi l'innocence, ça paie parfois !

Julie se rendait-elle compte du danger ? Mais non ! pas plus que moi, pas plus que les parents. Il est vrai que les Vendéens ignoraient tout des camps de la mort. Mais les Juifs de Paris ? Ils devaient bien avoir entendu parler de Drancy ? Peut-être pas. Ou bien ceux-là, ils ont risqué le tout pour le tout... et ils ont sauvé leurs enfants. Le hasard, la chance, le culot...

Aux Parisiens, j'envoyais surtout des œufs et des poulets. Les œufs, fallait les emballer dans du papier journal. Un tour de main à prendre. Y en avait jamais un de cassé. Les poulets, c'était facile. Les Parisiens sont du genre carnivore. Une moitié de cochon que je leur ai expédiée un jour : deux jambons et treize colis que ça représentait ! Je savais plus où me mettre à la poste avec mes treize colis ! Ce jour-là, j'en suis tombée malade... Mais les Parisiens (qui ne l'auraient jamais fait pour moi !), ils imaginaient pas le travail que cela représentait. Et ils en avaient jamais assez, les pauvres ! Ils graissaient leur poêle avec des suppositoires, parce que du beurre, j'en avais juste pour Julie.

Je nourrissais ainsi ma mère, ma sœur, deux tantes et leurs enfants, une cousine et même une collègue qui m'avait apitoyée avec ses gosses en pleine croissance. En réalité, ils étaient presque adultes, mais enfin, ils n'en dévoraient que plus ! Pour me récompenser, ils sont tous venus chez moi, après la guerre, passer des vacances à l'œil… Ils croyaient peut-être que j'avais fait du bénéfice ? moi qui étais bourrelée de remords quand j'ajoutais deux centimes pour le papier et la ficelle.

Cécile m'accompagnait souvent chez les paysans qu'elle connaissait mieux que moi, mais elle ne dépassait pas les limites du village. Ses parents avaient toujours peur pour elle.

Ce qui me plaisait en Cécile, c'était d'abord sa gaieté, son humour, son côté artiste qui s'ignore et aussi sa capacité d'apprendre. Inutile de répéter deux fois, elle avait tout de suite compris.

Il y avait aussi, les jours de congé, nos longues séances de pose. Elle avait un beau corps, bien dodu, comme les peintres les aiment (sinon y a rien à dessiner), et je m'acharnais sur mes pastels, fusain ou huile selon l'inspiration. Par contre son visage ne me revenait pas : je le ratais régulièrement.

Quand nous étions fatiguées de travailler ou qu'il faisait trop froid (le charbon, c'était pour l'occupant), nous nous promenions sur la côte, ou nous écoutions des émissions musicales. Il y en eut de mémorables dont une : Plaisir de la musique avec Roland Manuel, qui combla un peu mes lacunes en la matière. Et puis nous chantions quelques duos célèbres. Un jour que nous nous amusions avec le fameux : J'aime bien mes moutons – J'aime bien mes dindons[15], la voisine, médusée, nous entendit et rapporta dans tout le village : « Elles savont pu que faire, elles bêlont ! » Ce qui nous fit bien rire !

Un jour une collègue des environs me demanda si je voulais bien me joindre à deux autres musiciens, afin de former un petit orchestre qui pourrait accompagner ses élèves pour la fête des prix. Bien sûr que j'acceptais, et c'est ainsi que je fis la connaissance d'un violoncelliste aveugle réfugié sur la côte.

15. Opéra-comique La mascotte d'E. Audran.

CHAPITRE 31

Ce fut le début d'une autre aventure lamentable, car tout de suite devant ce pauvre garçon, guère plus âgé que moi, je me suis dit qu'une vie ratée, ça pouvait encore servir si on la sacrifiait. Toujours les théories de Grand-Mère qui manifestaient leur présence. Mais je ne partageais que ses théories, pas sa patience, ni sa faculté de supporter. Les idées et la bonne volonté, ça suffit pas pour réussir un sacrifice. Je voulais, mais j'ai encore pas pu. Et j'ai fait beaucoup de mal en voulant faire trop de bien.

Non, j'ai pas pu le supporter mon aveugle. Parce que aveugle c'est rien, ça s'endure très bien la cécité des autres. Et leur tuberculose aussi. J'en avais pas du tout peur de sa tuberculose, les microbes j'y croyais pas ! La preuve qu'ils ne prolifèrent que sur les gens qui ont peur, c'est qu'ils m'ont ignorée. J'en ai pourtant vidé des cuvettes de sang contaminé. Je pensais à mon père en tenant la cuvette. Bon ! ça c'est rien ! Facile ! Facile aussi d'apprendre le braille. Très simple quand on a ses yeux pour regarder les trous ! Tout ça, croyez-moi, c'était faisable. Mais où j'ai tout gâché, c'est quand il a voulu m'embrasser, mon aveugle. Ça, j'ai pas pu. Parce que le pauvre, il était affreusement laid. Vu de près, c'était intolérable. Des yeux complètement hors des orbites. Comme des œufs pochés. Qui pendaient... Derrière ses lunettes noires, on ne le voyait pas trop. Sans lunettes, j'ai pas pu. Comme pour le chapelet de ma grand-mère, j'ai pas pu me forcer. Tout mon corps, il se révulsait comme ses yeux. Ça m'aurait rendu involontairement méchante avec lui. J'aurais pu l'aimer, le servir, mais de loin. Fallait pas qu'il me touche. Et lui, il en mourait d'envie. Tellement que j'avais pas le courage de le repousser. Ça me crevait le cœur. Hélas ! la répulsion physique, on peut rien contre. J'ai tout essayé. La refouler ? Impossible ! elle refait surface avec encore plus de violence. Moralement, je pouvais accepter de sacrifier ma vie ; physiquement, je ne pouvais pas obliger mon corps à rester dans ses bras. J'avais aucune prise sur lui. La morale, le dévouement, la charité chrétienne, mon corps, il s'en fichait. Il m'échappait. Il voulait pas obéir...

Le corps, il a sa vie à part. L'esprit, faut pas qu'il s'en mêle. C'est pas son rayon. Et le mien d'esprit, c'est son défaut de vouloir commander tout le monde et les événements...

Bien sûr, le pauvre aveugle, il se voyait pas. Il comprenait pas. Personne lui avait dit qu'il était si laid parce que son père était syphilitique et qu'il avait hérité du faciès[16]. Et même, il se voyait très bien père de famille. Ça lui suffisait pas d'être à la fois tubard, aveugle et syphilo ! il en aurait bien mis au monde des petits qui lui auraient ressemblé !

Ça, j'ai pas pu le tolérer. J'en ai profité pour reculer dans le temps. J'ai remballé mon esprit de sacrifice...

Faut dire que Cécile m'a poussée dans le dos hardi petit. Parce que mon sacrifice chrétien, il la gênait ! elle était pas du tout pour ! L'aveugle, elle pouvait pas le voir en peinture. Il me prenait trop de temps. J'assistais plus au lever de Louis XIV !

Et puis les microbes, elle y croyait, Cécile ! Elle en avait une sainte frousse des microbes que je transportais béatement.

Et comment qu'elle me faisait débarbouiller et changer de robe chaque fois que je revenais

16. Confidence du docteur qui avait peur pour moi.

de chez mon contagieux ! Même que je ne pouvais pas tricher, à cause de l'odeur de gaïacol[17] dont j'étais parfumée...

Alors je suis partie avec ma repentance qu'était aussi grande que le malheur de l'infirme. Parce que, en dépit de tout, j'aurais voulu pouvoir ! J'en ai gardé des remords éternels. Jamais je ne me pardonnerai de n'avoir pas pu m'immoler vivante. Et de ne pas avoir pu m'expliquer. Car je ne me suis pas expliquée : j'ai pas pu. Je suis partie comme un assassin. Mais je ne pouvais pas dire une vérité aussi cruelle. Et je ne trouvais rien à inventer à la place. J'avais soudain plus du tout d'imagination. Des mots assez forts pour tuer son espoir et en même temps l'empêcher de souffrir, j'en ai pas trouvé. Y en avait pas dans la langue française. Alors je suis restée muette. Sourde et muette sous les piles de lettres en braille que j'arrivais plus à déchiffrer. Y en avait trop... Et je pleurais d'impuissance et de remords pendant que Cécile m'accablait de sarcasmes.

Heureusement, il en est pas mort le malheureux. On meurt pas de chagrin, croyez pas ça ! Ça serait trop beau. Cette mort-là, bien brutale, elle ferait trop de bien. On se replie en général sur la mort lente. Pour pas en perdre une

17. Médicament employé en ce temps-là pour les tuberculeux.

miette. Pour bien la sentir passer. J'avais connu ça, moi aussi. Et je l'ai rendu. Sans le vouloir... C'est le plus grand remords de ma vie.

CHAPITRE 32

Les « habits verts », comme vous savez, n'étaient pas tous Allemands. Il y avait aussi des Tchèques, des Polonais, des Yougoslaves et des Autrichiens, comme dans l'armée de Napoléon et même celle de Charlemagne. Par contre, ils étaient tous jeunes comme nous.

Comment on s'est lié avec Yoann de Prague ? je ne sais plus ! Il avait dû me voir peindre un paysage, ou bien remarquer la beauté de Cécile quand nous nous promenions. Elle me ramenait souvent une traîne de courtisans qui alimentaient la conversation et nous aidaient à tuer le temps. Dans la quantité, il y avait quelquefois un talent de chanteur. Yoann, lui, peignait comme moi, et le prétexte qu'il choisit pour s'introduire dans la maison fut de m'emprunter des pinceaux. Il se présenta, bien sûr, comme militaire enrôlé de force dans l'armée hitlérienne. Nous le crûmes sur parole... Mais, hélas ! nous ne parlions pas la même langue. Grâce à son dictionnaire, nous pûmes communiquer. Et le soir, très souvent, nous avions la visite furtive de ce militaire sous uniforme allemand qui attendait la tombée de la nuit pour frapper à ma porte. Personne ne devait le voir, ni ses collègues dont il avait très peur, ni ses « ennemis ». Seulement il était vu quand même ! On aurait dû être tondues à la libération ! Heureusement, les gens de ce petit village, s'ils étaient curieux, n'étaient pas méchants, et cette sanction barbare n'eut pas lieu chez nous. À la côte, on a l'esprit large comme l'Océan.

Tous les trois, ce qu'on trouvait idiot d'être soi-disant ennemis quand on avait le même âge, les mêmes goûts et la même envie de s'entendre. Et nous refaisions le monde à notre image, un monde où régneraient la justice, l'intelligence, la liberté et la non-violence...

Bien sûr, Yoann était amoureux de Cécile, et nous deux, nous étions également amoureuses de Yoann... C'est drôle car pour ma part, je ne m'en suis pas aperçue tout de suite... Il y a comme ça des sentiments tendres qui s'installent insidieusement. On ne les sent que lorsqu'ils ont envahi toute la place. J'assistais donc à leurs baisers (ils s'en tenaient là) et un jour, excédée, j'ai crié : « Assez ! » J'en fus la première surprise. Personne ne fit semblant de comprendre.

Puis la débâcle hitlérienne arriva, Yoann disparut du jour au lendemain avec ses compatriotes sans avoir le temps de nous dire adieu...

Qu'est-ce qu'il aurait dit le pauvre papa de Cécile s'il avait appris ça, lui, l'adjudant en retraite, qui avait indiqué son chemin à un parachutiste anglais, tombé une nuit dans son jardin ? Nous dînions tous ensemble ce soir-là, lorsqu'on frappa à la porte. Qui était-ce ? On eut très peur quand on vit apparaître cet uniforme inconnu et ce visage angoissé. Sûr que ce soldat avait encore plus la frousse que nous ! Je n'eus pas le temps de trop m'appesantir sur cette aventure, car les événements se bousculaient.

Le père de mon amie était très malade. Nous ne savions pas de quoi. Il se plaignait de douleurs dans la poitrine et surtout d'aérophagie. Il ne faisait plus rien, laissant à sa femme la charge du jardin et du petit champ. Je pensais alors – à ma grande honte ensuite – qu'il devenait paresseux. Le docteur du pays le soignait pour l'estomac. Tous les midis, le malade allait griller ses tartines devant le feu de bois de son beau-père. Il souffrait tellement de ce qu'il pensait être de l'aérophagie. On le voyait même déambuler parfois, un bouchon entre les dents ! Mais rien n'y faisait et il avait de plus en plus de crises, si intolérables qu'il menaçait alors de se tuer et de tuer aussi sa femme, car d'un caractère jaloux, il ne voulait pas la laisser derrière lui et qu'elle se remarie...

Elle eut alors si peur qu'elle appela un autre docteur. Celui-ci tomba dans le piège et déclara qu'il était fou, qu'il fallait le faire interner. Il écrivit un mot pour le directeur de l'asile d'aliénés du chef-lieu.

Mais comment aller porter ce message urgent ? Quarante kilomètres nous séparaient du chef-lieu et il n'y avait aucun moyen de transport ! Je résolus encore une fois le problème : j'irais en vélo porter la lettre. Et je confiais mes élèves à Cécile, après leur avoir donné du travail à faire (je ne me posais même pas la question de savoir si j'en avais le droit !).

Le directeur en question fut rapide et efficace : il arriva aussitôt et diagnostiqua... une angine de poitrine !

Pauvre homme, qu'on disait fou parce que ses souffrances étaient insupportables ! Le docteur repartit laissant une ordonnance et ces paroles qu'il me confia : « Il peut vivre encore quelques années ! » Mais là, il se trompa : le père de Cécile mourut la nuit suivante...

Vous dire la confiance que j'ai acquise ce jour-là dans la médecine... et Dieu sait le nombre d'autres erreurs médicales dont je fus témoin tout au long de ma vie. De quoi remplir un livre!

Depuis que son père empêchait les deux femmes de dormir, Cécile dormait chez moi. La nuit où il mourut, nous fûmes donc réveillées en sursaut par des coups violents frappés à la fenêtre: c'était sa mère: « Vite, allez chercher la bonne sœur, mon mari est très mal »... (la bonne sœur, c'était le recours suprême au village!) Et elle retourna en courant. Il eut juste le temps de lui murmurer: « Je ne vois plus clair! »

La bonne sœur et moi arrivâmes ensuite. Trop tard... Mais personne ne pouvait l'empêcher de mourir: c'était son heure.

Ce fut un choc terrible pour mon amie qui adorait son père et se reprocha de ne pas avoir été sur place au moment de sa mort. Elle mit longtemps à se remettre. Finis l'insouciance, la gaieté, les blagues et les duos. Vêtue de noir, comme l'exigeait un tel deuil en ce temps-là, elle dépérissait. De plus, tous les soirs, à la tombée de la nuit, elle éprouvait de violentes douleurs dans la poitrine, comme celles de son père...

C'était bien sûr d'origine psychique, mais les médecins qui nous entouraient, vous pensez la valeur de leur diagnostic, oh! là! là! Moi j'avais compris. Tous les soirs donc, sa mère et moi nous douchions Cécile dans une « baille »[18] car personne à l'époque n'avait de salle de bains...

Je crois que c'est moi qui l'ai guérie quand j'ai compris que cette coquette ne tolérait plus d'être habillée en noir. Comme nous étions au printemps, je l'emmenais dans des petites criques où elle pouvait se déshabiller et mettre un maillot de couleur. Ce n'était pas grand-chose, mais elle revivait. Peu à peu le moral s'améliora et la fin du deuil la guérit complètement. Hélas! il fut suivi pour cette famille de deux autres, coup sur coup: sa grand-mère (cancer non décelé à temps) et son grand-père auquel on coupa une jambe gangrenée, ce qui n'empêcha pas la gangrène de continuer son œuvre. La bonne sœur venait changer les pansements, moi j'assistais. Horrible...

J'aimais bien ce grand-père dont j'avais fait le portrait. C'est lui qui a légué à Cécile ce don de raconter des histoires. Lorsqu'il était jeune, on l'invitait à toutes les noces pour le plaisir de l'entendre. Il était très spirituel, et nous aimions beaucoup bavarder avec lui. Sa petite fille a toute sa vie aimé aussi raconter des histoires drôles. En patois, elle est impayable.

18. Grande bassine.

La leçon de tous ces morts pour moi a été celle-ci : se méfier du diagnostic des docteurs et surtout ne pas croire aux maladies imaginaires. Cela m'a rendue prudente dans mes jugements et plus lucide. La médecine est un art bien difficile, auquel l'intelligence ne suffit pas : il faut aussi avoir le don, le flair.

Curieusement, je me suis trouvée là pour assister Cécile et sa mère dans ces morbides circonstances. Puis ce fut à mon tour de perdre Mariette…

Plusieurs fois, Julie me fit venir en catastrophe avec mes vêtements noirs dans ma sacoche (je les empruntais à Cécile). Et chaque fois je revenais le lendemain : Julie s'était trompée… et Cécile qui retrouvait son humour, riait quand je lui rendais ses vêtements. La troisième fois, Mariette ne m'avait pas attendue : elle était bien morte. Cet après-midi-là, Julie était partie avec sa brouette ramasser du bois sec dans la forêt. Elle avait enfermé Mariette, qui était très peureuse, si bien que les voisins n'ont pas pu la secourir quand ils l'ont entendue appeler sa sœur. Ils se sont doutés du drame, mais quoi faire ? Pauvre Mariette…

Quand je suis revenue, Cécile me dit : « Tu ne vas tout de même pas pleurer pour ça ! » Mariette c'était moins que rien pour Cécile :

une pauvre d'esprit. Pleure-t-on les pauvres d'esprit ?

J'ai pas pleuré. Mon amour-propre, il s'est interposé entre la mort et les larmes. Mais ces larmes, elles auraient mieux fait de sortir : elles me sont restées sur le cœur. Et elles continuent à rouler comme des graviers qu'en finissent pas de s'émousser.

Cécile, elle jugeait froidement, avec sa raison. Mais un deuil ne se raisonne pas : on le subit. Il faut l'assumer, pleurer un bon coup pour pouvoir oublier. Sinon, on peut pas, à cause du remords...

CHAPITRE 33

Toute vie est une longue succession de peines, de joies et d'histoires drôles. Parmi les joies de cette époque troublée, j'eus celle de recevoir ma marraine.

Je n'ai pas encore parlé de cette merveilleuse tante qui venait autrefois me voir chez ma grand-mère, quand j'étais gosse. Sœur plus jeune de ma mère et d'un caractère aussi affectueux que celui de sa sœur était glacial, elle n'ignorait rien du drame que j'avais vécu et, pour me consoler, elle me gâtait autant qu'elle pouvait. M'en a-t-elle cousu et brodé des robes, des mouchoirs, des coussins et des sacs à main ! C'est à elle aussi que je devais ce joli stylo à plume rentrante qui m'a servi pendant toute la durée de mes études. J'en ai couvert des cahiers de poésie avec cette plume ! J'éprouvais beaucoup de tendresse pour cette tante, si différente des autres. Un jour, elle était allée jusqu'à m'apporter de Paris son phono (un des premiers) et ses disques de Bach et Laverne[19], pour la joie de m'entendre rire ! Pourtant c'était bien lourd et encombrant, ce paquet, pour une maman qui traînait en plus ses deux gamins et les valises (elle laissait ses fils en Vendée pour les vacances).

Donc, pendant la guerre, ma marraine revint passer un été chez moi, avec mes cousins qui avaient alors vingt ans. Elle n'avait rien perdu de son insouciance, ni de sa gaieté communicative. Elle plut beaucoup à Cécile et Cécile lui plut également, à elle, et à mes cousins encore plus (ils tombèrent amoureux d'elle tous les deux !).

Un après-midi de la belle saison, j'avais en classe la visite de monsieur T. qui effectuait sa tournée d'inspection en bicyclette (n'ayant pas droit à l'essence). Il parqua son vélo tout bonnement devant ma porte, et tandis qu'il interrogeait les élèves, la marraine, sans se poser de question, enfourcha la bécane et s'en alla le nez au vent, se balader jusqu'à la mer...

Quand il sortit de ma classe, monsieur T. chercha son vélo... Je commençais à paniquer lorsqu'on vit la Parisienne toute fraîche, la bouche en cœur et le sourire innocent, revenir

19. Comiques dans les années 1920-1930.

de sa promenade. Comme si c'était tout naturel ! Et monsieur T. put continuer sa tournée !

Ce que nous avons ri, Cécile, la marraine et moi ! Monsieur T. peut-être aussi d'ailleurs... Ah ! ces Parisiennes !

Ma marraine ne fut pas seule à descendre en Vendée pour profiter de ma maison au bord de la mer. Ma mère suivit, accompagnée d'une petite nièce de neuf ans, laquelle me ressemblait à tel point que certains villageois se sont demandé si par hasard je n'avais pas une fille cachée !

Elles restèrent plusieurs mois avec moi, ma mère toujours distante, ne disant jamais ce qu'elle pensait et trouvant tout à fait normal de se faire héberger par une fille qu'elle avait chassée de sa maison, il y avait vingt ans... Personne n'y faisait allusion. On avait l'air d'avoir oublié... Par contre, elle regardait d'un fort mauvais œil (ou d'un œil jaloux ?) mon amitié pour Cécile. Cela ne me gênait aucunement. De quel droit se serait-elle mêlée de mes affaires ? Je continuais, comme par le passé, de me promener avec mon amie. De son côté, elle devait se contenter de sa nièce. Cette gamine était du reste adorable. Intelligente et obéissante, pas du tout une charge pour nous. Je l'avais en classe et nous nous aimions bien.

Un jour, elle me dit en confidence : « Tu sais, Tata, elle cache de l'argent dans ses savates ! » Elle avait trouvé ça tellement bizarre ! Je me doutais bien d'où venait cet argent : je ne fermais pas mes tiroirs à clé... Ma mère profitait non seulement de mon hospitalité, mais encore elle visitait mes armoires !

Certes elle devait m'en vouloir de la tenir à l'écart de ma vie, mais puisqu'elle refusait de communiquer... que jamais elle ne répondait aux questions... Elle se renfermait dans ce qu'elle considérait sans doute comme sa « dignité ». Et moi j'aimais les relations franches, je voulais qu'on me réponde quand je parlais. J'avais besoin de confiance, de spontanéité, de gaieté. Je trouvais tout cela chez mes voisins : au diable la famille !

D'ailleurs, il y avait si longtemps que nous vivions séparées, nous ne pouvions que continuer sur notre lancée. Le gîte et le couvert devaient lui suffire, n'était-ce pas ce qu'elle m'avait octroyé dans ma petite enfance ? Alors qu'elle en fasse l'expérience ! Mais en réalité, chez moi, cette réaction a été une réponse à une attitude sclérosée. Il était évident qu'elle ne voulait pas revenir en arrière, ni s'expliquer, ni reconnaître ses torts... Mais elle aurait sûrement aimé que je fasse « comme si » pour sauver les apparences !

Elle tombait mal, car je me moquais des apparences. Je l'avais bien prouvé par ma façon anticonformiste de m'habiller et de vivre. Nous étions aux antipodes l'une de l'autre. Pour cela comme pour le reste. Sauf pour la musique, mais elle ne voulait surtout pas le reconnaître.

Lorsque je l'ai accueillie pour la seconde et dernière fois, cinquante ans plus tard, c'était bien uniquement par pitié... Uniquement ? allez savoir ! peut-être que j'ai toujours aimé ma mère, que j'ai toujours espéré... quoi ?

Mes invitées juste reparties, ce fut Cécile qui reçut à son tour une visite, et quelle visite ! Un de ses soupirants – le préféré – un amoureux d'enfance qui arrivait d'Afrique. Mais l'enfance, elle était bien loin !

Aussitôt, ce fut l'escalade des sentiments de part et d'autre. Et tout de suite sans attendre (on avait assez attendu), ce furent les fiançailles.

Je ne peux pas dire que ce jeune sous-lieutenant, sûr de lui et prétentieux, me fit très bonne impression. Il n'avait pas l'air de connaître grand-chose, à part l'art militaire, et je me souviens d'avoir dit à mon amie qu'il commettait beaucoup d'erreurs de jugement. Ce qu'il pensait de la guerre ? C'est du sport !

Ce choix de Cécile m'étonnait. Elle avait parmi ses autres prétendants nombre de jeunes gens bien supérieurs à celui-là. Mais c'était difficile pour moi de lui dire. Je le connaissais si peu ! D'ailleurs, je savais bien que l'amour aurait raison de mes arguments. L'amitié ne fait pas le poids face à l'attrait sexuel. Cécile aimait les peaux basanées, les regards noirs et les cheveux ailes de corbeau. Or son fiancé descendait tout droit de 732 : je veux dire des Arabes arrêtés à Poitiers par Charles Martel ! C'était l'opposé de mon type à moi, plutôt issu des Vikings... Alors je ne pouvais pas me mettre à sa place. Tenter de l'influencer me paraissait même malhonnête. Et nous fêtâmes les fiançailles. Après quoi, l'heureux élu repartit à la guerre, fier comme Artaban.

Tout alla très vite : le débarquement (qui n'eut pas lieu sur nos côtes comme nous le craignions), la campagne d'Italie, à laquelle participa le fiancé, et le recul des Allemands qui avaient quitté précipitamment notre région. La victoire approchait, et en décembre 1944, le futur marié nous revint, tout auréolé de gloire, après avoir participé à la grande opération d'Italie. Il ramenait dans son paquetage non un scalp d'Italien, mais quelques beaux parachutes de soie blanche, dont la mariée allait pouvoir se confectionner des dessous froufroutants.

La cérémonie du mariage fut toute simple, vu la pénurie alimentaire et le triple deuil de la famille.

Ce n'était pas très gai pour moi non plus qui allais perdre une amie (la femme doit suivre son mari !). Je fis un effort pour leur jouer du violon à l'église, un morceau de mon répertoire que Cécile aimait, et qui portait le titre, humoristique en la circonstance, de Prière d'une vierge... Cela me parut amusant et convenant à la situation !

Mais la France n'était pas encore libérée : on se battait encore dans l'Est, et huit jours plus tard, le mari de Cécile repartait pour la campagne d'Alsace. Nous reprîmes pour quelques mois, nos occupations habituelles auxquelles s'ajoutaient cette fois-ci, l'écoute des informations sans passer par la BBC.

Plus le départ de Cécile approchait, plus j'appréhendais de rester seule dans ce village. La bougeotte me reprenait et brusquement, je demandai mon changement. Il fallait bien que je me cherche un mari, moi aussi !

Puis ce fut enfin le tourbillon de la victoire : une tempête de folie. Un déferlement de bonheur m'emporta comme les autres.

C'est que nous avions tellement besoin de nous défouler, de brûler le reste de notre jeunesse. Cinq ans de perdus, et des meilleurs, que les vieux pleins d'expérience disaient. Fallait vite effacer tout ça ! Cinq ans qu'il n'y avait pas eu de bal, au grand désespoir de Cécile ! Comment on allait se rattraper ! Et si à vingt ans je ne savais pas danser, en trois jours à vingt-cinq, j'usai une paire de chaussures (à semelles de bois naturellement !). Pour la première fois de ma vie, je dansai ailleurs que chez moi, et avec des partenaires masculins : paysans ou militaires en congé. Le choix n'était pas grand, mais on était content quand même : le cauchemar était fini !

Peu de temps après, Cécile s'en alla au bras de son gradé. Ils avaient bien changé depuis leur adolescence, mais ni l'un ni l'autre ne voulait se l'avouer, et le lendemain du départ, ils se retrouvèrent face à face comme deux étrangers. La guerre n'était pas terminée pour tout le monde...

Cécile disparue, le village soudain s'était vidé pour moi de tout son attrait. Rien ne me retenait plus ici... Et j'attendis ma quatrième nomination.

CHAPITRE 34

C'est dans ce village de la côte où je fus nommée que je le rencontrai, lui le désabusé. Avec moi la déprimée, on ne pouvait que s'attirer et se comprendre. La difficulté, c'est qu'il faut aussi se supporter !

C'est à mon amie Cécile, venue passer quelques jours chez moi, que je dois cette aventure invraisemblable. Cécile qui voulait toujours me traîner au bal. Elle me supplia tellement cette fois encore que je cédai pour lui faire plaisir.

Au même moment, dans une autre maison du même village, une dame patronnesse décidait à grand-peine son voisin d'aller aussi à ce bal dont le profit devait revenir à des œuvres charitables.

Il y a des carrefours qu'on appréhende : sans doute ceux où doit se produire l'accident.

J'allai donc danser pour faire plaisir à Cécile.

Mais il faut bien l'avouer : j'avais tout de même fini par y prendre un certain goût à la danse. Mon esprit sérieux avait son côté guinguette. Il ne détestait pas jeter son austérité par-dessus les moulins. Le tout, c'était de le décider. Et si mes pieds étaient tout ce qu'il y a de plus malhabiles, à cause de cela sans doute, la danse m'apparaissait un art prodigieux. Même la danse populaire. Toutes les danses ont leur côté poétique quand on est poète. Mon imagination avait vite fait de se transporter sur la scène de l'Opéra. Et qu'est-ce qu'on vient chercher dans un bal sinon un intermède de féerie ? Bon ! vous pensez : et les sens ? ils n'ont pas leur part peut-être ? Plus ou moins, ça dépend des tempéraments. Du reste, pourquoi les sens n'auraient-ils pas le droit de rêver ?

Il s'avança vers nous, long, mince, souple, dégagé, avec un petit quelque chose d'un peu perdu dans le regard. J'ai tout de suite pensé : un idéaliste.

L'idéaliste se dirigea immédiatement vers le corps affriolant de Cécile. Et je restai à contempler ce couple merveilleusement assorti qui évoluait sans toucher terre. Au tour suivant, il s'avisa que nous étions ensemble et que je faisais tapisserie. Il m'invita. Sa pitié me fit pitié : j'acceptai.

Ce que j'aurais donné pour être une bonne cavalière ! Mais il était trop grand, moi trop petite. Et mon cerveau qui intervenait toujours dans le mouvement de mes pieds ! qui brouillait toujours tout. Impossible de l'empêcher de s'interposer celui-là ! Mon partenaire se rendit tout de suite compte que la danse n'était pas mon violon d'Ingres. Mais il était galant et patient. Deux femmes à la fois, ça valait quelques sacrifices ! Ce n'était pas un mauvais coup de filet ! De but en blanc, la sympathie fut réciproque. La sympathie ou la curiosité ? Qui était-il ? Qui étions-nous ? Rendez-vous fut pris pour en savoir davantage.

Comme original et bavard, on ne pouvait trouver mieux. Du premier coup, on avait mis dans le mille, grâce à Cécile la danseuse ! Notre excentrique, on n'avait pas besoin de lui poser des questions : il dialoguait tout seul. Tout, il racontait ! Il n'avait pas dû parler depuis des années. On ne pouvait plus l'arrêter. Une véritable courante cérébrale... Je savais ce que c'était. Ça m'arrivait aussi. Un débordement de souvenirs. Un bon coup de marée pour nettoyer la plage de votre conscience. Que le sable brille au soleil. Le soleil de l'aventure...

On a tout su le premier soir. Qu'il était un ancien de la marine. Qu'il était divorcé à son profit (très important le profit!). Qu'il était Parisien – on s'en serait douté! – Qu'il taquinait les arts. Enfin et surtout qu'il n'était pas conformiste. Il semblait attribuer une importance primordiale à ce que nous ne le prenions surtout pas pour un conformiste.

Ce n'était pas un vilain portrait. Il n'avait pas besoin d'insister comme ça. On le croyait sur parole. On trouvait excellente sa présentation. Il avait l'air très sincère. Branché sur la justice et l'égalité, le bonheur des hommes et la fraternité. Il n'avait pas du tout besoin de se justifier comme il le faisait. Mais il ne pouvait s'en empêcher. Il était énervé, énervé, tout content d'avoir dégoté un auditoire complaisant. Tout enthousiaste à la pensée de cette double relation qui lui tombait du ciel. Mais tout inquiet : et si on ne le croyait pas ?

Et il recommençait son histoire par un autre bout...

Tiens, qu'est-ce que c'était donc cette petite valise noire qu'il avait apportée ? Qu'est-ce qu'elle pouvait bien contenir ? Vous ne devinerez jamais...

Des preuves. Il avait apporté des preuves...

Des photos de la marine. Des certificats de travail. Des dessins. Et même un revolver qu'il avait piqué aux Allemands car il avait été un moment dans la Résistance. Et puis aussi un paquet de café : sa ration (la guerre était juste terminée, on avait encore des tickets).

Le café nous a fait rudement plaisir !

Il voulait vraiment nous convaincre. Laquelle des deux ? Peut-être aurait-il hésité si Cécile n'avait pas été mariée ? Ah ! s'il avait pu avoir le corps de l'une et le caractère de l'autre... Mais dans la vie, on ne peut tout avoir, il faut opter. Les deux réunis en un seul individu idéal, on trouve ça une fois dans son existence... (et encore...).

Pour en finir avec cette visite, j'ajouterai qu'elle s'est terminée à quatre heures du matin.

Cécile et moi mourions de sommeil.

Il n'a pas été plutôt sorti que nous nous sommes regardées : sa loquacité nous avait rendues muettes ! Nous étions abasourdies. On ne crevait plus de curiosité mais de stupéfaction. On n'a rien pu dire. On s'est écroulées sur le lit.

Heureusement, le lendemain, c'était dimanche.

Et nous sommes retournées au bal...

Cécile partie, tout alors a été très vite. Nous n'étions plus des oies blanches. Ni des conformistes ! (pour mon compte, c'était la première fois que je me posais la question). On n'avait pas de temps à perdre. On en avait même à rattraper.

Quinze jours plus tard, Lucien emprunta la brouette de son voisin et apporta ses pénates chez la régente du village…

Ça ne s'était jamais vu…

Dans la brouette, il y avait trois malles de livres documentaires. Toute sa fortune.

Mais je ne regardais pas à la fortune.

Un mois plus tard, nous parlions mariage. Deux mois plus tard, nous n'en parlions plus…

Il fallait bien les clore en beauté, les aventures ! J'étais tombée sur un partenaire qui les aimait aussi, et si nous en avions assez de la solitude, par contre, la liberté, on appréciait. Et nos manies de célibataires, on y tenait. On ne savait plus trop ce qu'on voulait, sinon se marier et ne pas changer d'habitudes. On tergiversait. Un jour, on se mariait, le lendemain on se démariait. On était anticonformiste mais on pensait tout de même à monsieur le Maire. Bien que… Un jour Lucien était pour l'amour unique et le lendemain pour l'union libre et le pluralisme.

Moi, je n'avais jamais entendu parler de toutes ces formules. Je ne connaissais que l'amour tout court, et, en ce temps-là, il me semblait que le mariage était une solution raisonnable, vu nos âges. Plus tard j'ai appris qu'il n'y avait pas d'âge en amour.

Lucien savait tout sur l'amour. Documenté jusqu'aux dents il était ! Plein de choses embarrassantes, encombrantes comme des armoires inutiles. Et qu'il essayait toujours d'appliquer à contre-courant. Et qui paralysaient mon corps et mon esprit toujours prêt à me faire rater les automatismes les plus simples. Allez donc vous empêcher de penser, quand vous avez affaire à un partenaire qui guette vos réactions sans se cacher ! Chaque fois que nous faisions l'amour, j'avais l'impression de passer un examen.

Tant et si bien qu'un jour, Lucien, mécontent sans doute de son élève, décida qu'il reprenait sa liberté.

On resterait copains.

Et il alla vachement rechercher sa brouette...

Ce fut un coup dur, non seulement pour les sentiments (je l'aimais !) mais pour la réputation. J'étais le point de mire de tout le village. La risée des commères...

Les commères, quand on est heureux, on s'en fout. Mais quand on souffre, on y pense. Elles ajoutent à votre désespoir. Encore une chance que rien de cette situation pittoresque n'ait transpiré du côté de l'Inspection Académique... Les villageois n'étaient pas méchants : ils aimaient seulement le théâtre.

Je faillis étouffer de chagrin. Littéralement étouffer. Ma gorge était tellement serrée que je n'arrivais plus à inspirer. Je faisais de violents efforts. Alors un tout petit filet d'air parvenait à entrer dans mes poumons en sifflant. C'est une impression terrible. Une asphyxie nerveuse comme j'avais déjà éprouvé en 1939. Puis mes glandes lacrymales se regonflèrent à bloc et se dégonflèrent pendant une semaine. Cette fois, elles se vidèrent complètement. Ç'a été fini pour moi les crises de larmes. Mon lyrisme était asséché. Sec, comme le hareng de Charles Gros.

Je perdis mes larmes, mais pas l'idée fixe. Au contraire celle-ci sortait renforcée de l'aventure. Elle tenait bon. Si on lui écrasait une jambe, elle continuait à cloche-pied. Pour une fois que je rencontrais un homme libre sur mon chemin, et qui me plaisait ! je le convaincrais ! j'emploierais tous les moyens ! je lui volerais sa liberté !

Non vraiment : je n'ai pas pensé tout cela. J'aimais seulement. Je vivais cet amour contrarié comme on vit une maladie. Ce mariage était devenu une obsession.

Lucien me vit revenir. Me fit marcher. Courir. Et je courus.

Pendant trois ans nous jouâmes au chat et à la souris. Curieusement, lorsqu'il paraissait revenir à de meilleurs sentiments, c'était moi qui n'étais plus pressée…

Ce que l'on possède n'a pas d'attrait. C'est ce qui vous échappe qui en a.

Après tout, des hommes, il y en avait d'autres qui me faisaient la cour. C'est fou ce qu'une femme de trente ans a comme succès. Les filles de vingt ans ne sont rien à côté. À trente ans, on n'est plus bégueule : on sait. On n'a plus rien à perdre, on n'a plus peur. Et on est en plein épanouissement. Le bel âge pour une femme n'est pas vingt ans, c'est trente.

Enfin, un beau jour, la camaraderie se retransforma en amour libre et nous repartîmes de zéro. Avec plus d'expérience…

Nos relations cependant cheminaient cahin-caha. Mon partenaire était susceptible, suspicieux et il n'oubliait sans doute pas le « pluralisme »… Quand je raisonnais calmement, je me disais qu'ayant été dupé et ayant beaucoup souffert, il ne pouvait pas m'infliger le même supplice. Mais parfois, je lui voyais certains éclairs de malice dans l'œil et j'en déduisais qu'il pouvait très bien vouloir se venger des femmes. Et puis il attribuait une telle importance à l'amour physique, au changement d'épiderme, à la liberté sexuelle. Il semblait m'aimer d'une façon si secondaire...

Moi aussi peut-être ? Ce n'était pas le coup de foudre, la grande passion. C'était plutôt un petit amour bien construit comme une figure géométrique, à la règle, sans surprise. Mais alors qu'il se plaisait dans l'incertitude, moi, j'avais hâte de passer au définitif... stupidement hâte !

En réalité, il se donnait le temps de m'éprouver, de me surveiller. Il ne voulait pas s'engager à la légère, et revivre ce qu'il avait déjà vécu. Surtout pas ça ! Jamais il ne prendrait assez de précautions. Donc, pour le moment, nous en restions au régime de l'union libre. Nous nous surveillions mutuellement. Nous étions libres et nous nous empoisonnions librement l'existence ! Nous ne formions qu'une association de deux méfiances qui restaient sur leurs gardes car je n'oubliais pas non plus la petite phrase de Marcelin : « Ma femme me croit toujours ! » ; je ne pouvais pourtant pas rester seule toute ma vie comme mes tantes ? ...

Sur ce, les vacances d'été arrivèrent. Continuer ce manège tout l'été ? Et si je partais quelque part, ce serait peut-être la lune de miel au retour ? C'est comme ça que je décidai d'aller visiter la Provence. Je ne connaissais pas le midi.

Bien sûr, je proposai à Lucien de m'accompagner, de faire du camping avec moi... Du camping ? Ah ! là ! là ! Il avait horreur de ça ! Je ne l'avais pas regardé ! Coucher avec les moustiques, les limaces et même les serpents ou les vaches ? Il ne voulait pas quitter son lit... Et bien sûr la Côte d'Azur, il la connaissait comme sa poche... (Il avait été marin à Toulon !)

Eh bien, tant pis pour lui ! à la fin il m'agaçait avec ses manies de vieux garçon ! Zut ! je partirai et si j'en rencontre un autre qui aime le camping, ce sera bien fait pour lui !

Ce fut tout de même avec un petit pincement au cœur que je pris le train (sans mon vélo, hélas !) pour aller plus vite (j'avais déjà envie d'être de retour !). Direction : la rade de Villefranche, dont on m'avait beaucoup vanté les charmes.

CHAPITRE 35

Je débarquai donc avec mon matériel dans un grand sac à dos qui me brisait les reins (je venais de l'acheter mais je l'avais pris trop grand) et j'arrivai dans ce lieu magique...

À cette époque, la presqu'île était vraiment déserte, inhabitée. On pouvait s'isoler facilement, ce qui bien sûr m'a enchantée, car j'avais apporté ma boite de peinture et j'espérais bien pouvoir travailler tranquillement.

Je m'apprêtais donc dès le lendemain à tenter une aquarelle, une étude de cette Méditerranée si transparente et dont les bleus et les verts chatoyaient dans la lumière. Mais j'avais tout juste préparé ma palette et commencé à tracer quelques traits qu'un petit bonhomme brun s'installa à quelques mètres de moi pour fumer sa pipe : « Il en a du toupet celui-là », pensai-je, et je m'en allai un peu plus loin. Mais il en fit autant... Je recommençai : il me suivit encore et engagea la conversation. Je le regardai bien en face et j'allais l'engueuler quand je m'aperçus que j'avais en face de moi un visage qui n'annonçait rien de bon. Un macho pour le moins ? J'essayai d'être aimable, comprenant qu'étant donné l'isolement où je me trouvais, je n'avais pas intérêt à me le mettre à dos. Mais il ne m'inspirait aucune sympathie.

Je m'étais étourdiment fourvoyée dans ce coin désert et j'allais en payer les conséquences. J'imaginais que je pouvais être seule ? On n'est jamais seule sur la Côte d'Azur ! Il ne me lâcha pas d'une semelle. Je bouillais d'impatience, mais ma peinture lui importait peu, je m'en doutais : il avait autre chose en tête...

Et bien sûr, ce qui devait arriver arriva : il finit par me renverser dans l'herbe : c'était là son but ! J'essayai de résister, de le raisonner. Tu parles ! Il avait des muscles en acier trempé et il était sourd aux supplications... Malgré ma répulsion, je dus subir les assauts de ce forcené : que faire d'autre sinon se laisser étrangler ? Crier, appeler ? Personne n'entendrait : pas une âme autour de nous à plus d'un kilomètre à la ronde...

J'eus une pensée furibonde pour Lucien, l'égoïste, qui m'avait laissée partir seule... et sans m'avertir des dangers ! Ah ! l'idiot ! Je lui raconterai !

Le brigand ne s'en tint pas là : il s'installa sous ma tente comme chez lui et son faciès de brute m'épouvantait. Qui l'empêcherait de me tuer si je lui résistais ? Cette pensée me rendit prudente et je décidai de jouer le jeu, autrement dit de faire celle qui accepte la situation, pendant que ma cervelle passait et repassait en revue tous les moyens de m'en sortir...

Le lendemain (il avait, ma foi, bien dormi !), comme il avait faim, il se proposa pour aller faire les courses en ville : c'est ce que j'attendais ! (Finalement, j'avais gagné sa confiance !)

Aussitôt parti sur son vélo, je démonte ma tente, emballe en vitesse tout le matériel, tout en tremblant de le voir apparaître... Oh ! là ! là ! ce que mon cœur battait ! Comment ai-je pu filer assez vite, avant qu'il ne se pointe ? Je me le demande encore... Et par où était-il passé ? Nous ne nous sommes pas rencontrés...

Mais où me diriger ? avec mon sac si lourd sur les épaules, impossible de courir bien loin... Je me dis stupidement que j'allais rejoindre le camping de Nice : c'était le plus proche... Ce que je fis. (Ah si j'avais eu mon vélo pour aller plus loin !)

Et le soir, alors que je me prélassais tranquillement devant ma tente, juste avant de me coucher, qui vois-je arriver ? Le violeur, un couteau à la main...

Je ne vis d'abord que le couteau tellement ma frayeur était grande ! Mais dans l'autre main il tenait... une pomme ! Il était en train de manger, tout en me recherchant !

Bien sûr, il avait deviné la direction que j'avais prise : pas besoin d'être agrégé, et moi j'étais une imbécile : il fallait prendre le train et débarquer beaucoup plus loin ! Mais comme je n'avais pas eu le temps de visiter la région niçoise je ne voulais pas la quitter si vite : ô naïveté d'intellectuelle !

Vous dire s'il était furieux après moi... Blessé dans son amour-propre de macho ! Pensez ! ... J'essayais de dominer ma peur et mes tremblements et de garder mon calme... Et puis il y avait tout autour de nous plein de tentes occupées : je comptais sur cette présence pour qu'il n'ose pas me taper dessus, ce dont, je le voyais bien, il avait une envie folle !

Ce qui l'avait le plus blessé, ce monsieur, ce n'était même pas mon départ précipité (que j'ai justifié je ne sais plus comment !) mais les trois poires que j'avais laissées à la place de ma tente ; trois poires qui étaient à lui et que par conséquent je ne voulais pas emporter ! Bien sûr, il avait interprété ce geste autrement, sans doute comme un symbole ironique de sa connerie ? (je l'avais malicieusement pensé aussi du reste !) Ce qui était impardonnable à ses yeux... Que faire encore une fois ? Il y avait bien tous ces voisins qui auraient pu intervenir, mais vous pensez ! ces gens sont restés bien camouflés sous leurs tentes, ils n'avaient aucune envie de sortir, surtout si, comme moi, ils avaient vu le couteau ! Et puis, ne nous connaissant pas, ils ont pu penser aussi à une scène de ménage... Enfin, ai-je jamais su trouver des défenseurs ?

Et le scélérat s'installa sous ma tente pour une nouvelle nuit.

Mais cette fois-ci, la coupe débordait et je passai des heures à réfléchir. Il fallait que j'en sorte ! À la fin, je finis par trouver une solution « à l'amiable » pour ménager sa susceptibilité dont j'avais tout intérêt à me méfier...

Certes, je ne connaissais rien du tout de la mentalité des gangsters, mais je pouvais tout de même imaginer que l'argent les intéressait. Alors au réveil (heureusement, la nuit il dormait !), je lui proposai un marché : tout mon matériel (je n'avais pas autre chose !) contre ma liberté.

Eh bien, j'avais vu juste... il a pas hésité...

(Heureusement que je valais moins qu'un troupeau de vaches !)

Tout mon matériel: j'étais pas chiche! Ce marché lui a plu, mais tout de même, il a réfléchi... Et si j'allais ensuite tout raconter à la police? Bien sûr que j'y avais pensé, seulement qu'est-ce que j'aurais pu prouver?

Donc, après réflexion, le voleur décida d'être prudent: il ne me prit que mon beau sac tyrolien tout neuf (mais trop lourd pour moi alors...) et il me soulagea des billets de banque contenus dans mon portefeuille... (il n'y en avait pas des masses!)

Je gardai ma tente (c'était le principal!) mais rien pour l'emballer... et pas un sou (sauf la ferraille qu'il dédaigna) pendant trois jours...

J'envoyai un télégramme à Cécile qui me dépanna.

Heureusement, il me restait quelques biscuits à grignoter. Mais quel soulagement! il n'avait pas de prix! Resteraient hélas les craintes pour la suite de ces viols répétés et cela ce fut encore un souci énorme (il n'y eut pas de suite. Ouf!)

Dès que j'eus récupéré le mandat de mon amie, j'allai acheter une valise. Pas question de reprendre un sac à dos: la prochaine fois, je serai cycliste! Jamais plus je ne m'en irais à pied...

Me plaindre? à qui? un juge? un policier? Je ne savais ni le nom ni l'adresse de ce sale type et tout ce qu'il m'avait raconté bien sûr était faux! (il se prétendait professeur!). Je n'avais non plus aucun témoin, aucune preuve. Et puis: j'avais « accepté », même si c'était parce que je ne pouvais pas faire autrement! Qui comprendrait cela? Celles qui sont violées se débattent, elles en portent les traces! Elles peuvent les montrer si elles sont encore en vie! et si on les retrouve!

Ma lucidité à moi me causerait des torts. J'avais compris que je ne serais pas la plus forte, que crier, résister, c'était risquer le pire, puisque personne ne viendrait à mon secours. Alors j'admettais aussi qu'on puisse ne pas me croire. J'étais vivante, c'était le principal! Je m'en étais tirée toute seule. Perte d'argent n'est pas mortelle. Je ne me voyais pas défendre ma cause. Elle était perdue d'avance (à cette époque, il est certain que les policiers ne m'auraient pas crue, ils se seraient plutôt moqués de moi), je serais ridicule et c'est tout.

Je n'ai rien dit...

Miraculeusement, ce cauchemar n'eut pas de suites matérielles. Seul le moral en avait pris un coup...

Quant au violeur, il tint parole: il ne m'a plus ennuyée. Mais un jour, nous nous sommes croisés dans la rue: je partais en car visiter les Gorges-du-Loup. Il passait sur le trottoir et il me vit... Le hasard faisait que j'étais assise à côté d'un monsieur (Suisse, je l'appris en route !) très bien nippé. Le violeur me lança un regard noir : il crut sans doute que j'avais trouvé un petit ami plus reluisant que lui ! Eh bien, tant mieux s'il l'a cru ! Et je revins en Vendée.

Comme j'appréciais alors notre région, si éloignée de cet exécrable état d'esprit du midi ! bien sûr, j'avais joué de malheur avec cette mauvaise rencontre. Tout le monde là-bas n'était pas comme cet individu dont le souvenir m'empoisonna pendant longtemps.

Et comme j'appréciais aussi la douceur du climat océanique, et les couleurs toutes en subtilité de nos paysages de l'ouest ! Ah ! la blondeur des sables de notre côte, ces magnifiques plages où l'on court à perte de vue vers la mer ! Rien de tout cela sur la Côte d'Azur : des cailloux, encore des cailloux, une mer immobile (pas de marées), sous un ciel d'un bleu bien trop bleu, toujours identique. Vivent les nuages de chez nous, rien de plus décoratif que des cumulus...

Finalement, je suis revenue sans avoir fait une seule aquarelle. Les aurais-je réussies du reste ? je suis si habituée à notre lumière argentée... La seule belle image qui me reste dans l'œil, c'est la transparence de l'eau et toute cette gamme des bleus, des violets et des verts...

Mais le rêve, il est breton, vendéen, rhétais ou basque, pas provençal.

Et Lucien m'accueillit à bras ouverts (il m'avait écrit : « Reviens ! »). Mon absence lui avait pesé, mais il était bien trop orgueilleux pour le reconnaître.

Je ne lui ai rien raconté...

Nous reprîmes nos habitudes, nos chicanes et nos hésitations.

CHAPITRE 36

Quand j'étais arrivée à L.F., j'avais loué une petite maison en parpaings où l'on voyait le jour à travers le toit. Finalement, j'attrapai une angine. Le Docteur P. vint me voir. Et ce fut un éblouissement...

Pas du tout le style toubib classique, non, plutôt le look artiste... Avec ça, un visage d'une beauté, d'un charme... Un regard noir profond, enjôleur, fit le tour de la pièce, et tout de suite s'arrêta sur les tableaux, les livres, le violon. Tiens ! pensa-t-il une instit qui ne ressemble pas aux autres ! Un phénomène ? Comme lui ? ... Du premier coup, je l'intéressais (merci l'angine !) et moi, il me fascinait. Je ressentis cette attirance qui m'avait autrefois propulsée dans les bras de Marcelin. Irrésistible. C'était comme si on s'était toujours connus. Ah ! ces atomes crochus qui emberlificotent les gens à leur insu ! ...

Il eut vite fait de remplir ma feuille de maladie, et examinant de plus près cette baraque où j'avais atterri, il aperçut le ciel à travers le plafond et me dit : « Il ne faut pas rester ici, ce n'est pas sain. Je vais vous chercher autre chose ! »

Bien sûr avec un physique aussi remarquable, le Dr P. ne devait pas manquer d'aventures ! Je ne me posai pas la question... Il revint me voir pour m'annoncer qu'il allait le lendemain à L.R. demander pour moi à une amie la clé de sa villa, sise à trois kilomètres d'ici, dans les pins. Autrement dit : bien isolée et sans vis-à-vis. Tiens ! tiens ! ... Je devinai ses intentions. Ah ! le beau rêve que j'aurais pu vivre si je n'étais pas devenue méfiante, mais j'avais été échaudée et j'avais perdu mes illusions. Je ne me voyais pas attendre de nouveau un amoureux qui viendrait ou ne viendrait pas, du reste. Non je n'allais pas tomber dans ce piège ! Malgré l'envie que j'en avais ! Et puis, faire ce trajet tous les jours en vélo, par tous les temps ? Et risquer d'être attaquée la nuit ? Je ne dis ni non ni oui mais je cherchai autre chose. Mon collègue, mis au courant, me dissuada vivement d'aller planter ma tente si loin. Il surnomma P. : « Un cavaleur de première ! » Bien sûr, il le connaissait depuis longtemps. Et je m'installai sagement dans une villa, face à l'école.

Le docteur fut très déçu, et me le ferait payer en venant plus rarement me rendre visite ! Après tout il ne m'avait pas fait de déclaration (il n'en avait pas eu le temps !). Tout avait été à une vitesse incroyable, et sans paroles, comme dans un film muet. Mais j'avais beau connaître ce genre d'homme, hélas, c'était le seul qui m'attirait… Et je me suis mise à l'attendre…

Il revint. C'était un beau parleur, il s'intéressait à la peinture, à la littérature, au théâtre. Il avait écrit une pièce qui avait été jouée avant mon arrivée ici – quel dommage ! – une pièce où il se moquait des paysans qui avaient fait du marché noir pendant la guerre : « Tot tchu, ol est a moye ». Amusante et incisive. Nous avions donc en commun l'amour des arts. Il avait, en plus, une sacrée éloquence. Il aurait mieux fait de choisir la carrière d'avocat. Car la médecine, j'eus l'impression qu'il ne la prenait guère au sérieux !

Quand il arrivait, tout de suite il me demandait ce que j'avais écrit ou dessiné. C'était mon côté artiste qui lui plaisait. Il me faisait une cour à distance, ne m'embrassait même jamais : je ne comprenais pas pourquoi, et regrettais, car il avait une si belle bouche !

Sur ces entrefaites, je fis la connaissance de Lucien. Ils s'étaient déjà rencontrés bien sûr. P.

ne fut pas enchanté lorsqu'il vit la tournure que prenaient les événements. Évidemment ! ... Il fit ce qu'il put pour me détourner de cette relation, en me disant que Lucien « ne faisait pas le poids » et qu'il était malade – je le savais ! Mais, même si j'avais une préférence pour P., j'étais aussi réaliste, et savais bien qu'il ne fallait pas rêver. L'avantage qu'avait Lucien, c'est qu'il était libre...

Ce fut une période où ma santé s'altéra, je me mis à souffrir des reins et je dus consulter le toubib (il était le seul dans la région). Je n'avais pas prévu qu'il allait profiter de l'occasion, mais elle était trop belle : il ne put résister ! Lorsque je fus moitié nue sur le lit, sans rien me dire, il s'allongea sur moi et me fit l'amour, comme un oiseau ! J'eus tout juste le temps de m'en apercevoir. Toujours sans m'embrasser, tout à fait à la manière d'un coq de basse-cour ! (Il avait tout de même pris la précaution de m'enduire de mousse de savon !) Aucun mot ne fut prononcé et personne n'en parla jamais. Curieux homme, original, égoïste ? Bof ! Je lui pardonnai : d'ailleurs, j'aurais pu m'en douter. À vrai dire : je m'en fichais (puisque je l'aimais tout en m'en défendant).

Il continua à venir me voir, au gré de sa fantaisie, uniquement pour bavarder. Il me racontait des histoires vécues ou inventées. Parmi elles, il y avait des aventures qui lui étaient arrivées en tant que toubib, comme ce jour où il s'était trompé d'ampoule : il devait faire une piqûre à un diphtérique et il lui fit une piqûre d'eau distillée. Eh bien, le malade guérit !

Finalement, l'été venu, nous sortîmes plusieurs fois ensemble, sa femme, Lucien et nous deux : nous faisions du nudisme dans les dunes. Un jour, mon collègue passa et me vit les seins nus… P., aucunement gêné, faisait la conversation avec lui comme s'ils avaient été dans un salon !

Puis bientôt, P. tomba malade. Il s'alita. Il me fit demander avec mon violon (il m'avait entendu jouer un jour de fête scolaire où je faisais danser des jeunes filles sur l'Ave Maria de Gounod (l'idée n'étant pas de moi mais d'une collègue). Bien embarrassée pour choisir des morceaux susceptibles de lui plaire, je ne connaissais pas ses goûts en musique, j'optai pour le classique et je me fourvoyai. Je vis qu'il s'ennuyait ! De plus je n'étais pas du tout à l'aise pour jouer sous le regard intimidant de sa femme.

Peu de temps après, il retomba malade. Je n'osais pas demander ce qu'il avait, mais je me posais des questions : tuberculose sans doute ? et je revins, toujours sur sa demande, avec mon matériel de peintre. Hélas ! il était couché au fond de la pièce, la pièce était mal éclairée, et j'avais, comme il se doit, le regard inquisiteur de Madame, par-dessus l'épaule... Je ratai naturellement le portrait. Jamais je ne pourrais réussir quelque chose dans ces conditions-là. Il aurait pu s'en douter ! Je lui en voulus bêtement... et je les laissai froidement tomber...

Quand je déménageai, je n'allai même pas leur dire adieu. J'étais dure, moi aussi, parfois... Bien sûr, si j'avais connu la gravité de son cas, j'aurais agi différemment. Hélas ! il est mort deux ans plus tard. Je ne l'ai pas revu...

Mais le fait le plus troublant de cette aventure, en somme banale, ce fut ce qui se passa après sa mort.

Il y avait un an à l'époque que j'avais épousé Lucien et notre fille était née, peu de temps après. J'avais bien sûr balayé tous les souvenirs et les relations d'autrefois, et nous n'en reparlions jamais.

Une nuit, je dormais tranquillement, quand soudain sans raison, je me suis assise sur le lit et j'ai vu devant moi, écrit en lettres lumineuses se détachant sur la nuit noire, le nom de la villa du docteur : Procellaria. Puis je retombai dans le sommeil...

Le lendemain, au réveil, cette curieuse apparition me revint à l'esprit : que signifiait-elle ? Je n'en parlais pas à Lucien, lequel, comme d'habitude, s'en alla acheter son journal. Et c'est en ouvrant celui-ci que mon mari vit l'article nécrologique relatant la mort de ce pauvre P.

Le quotidien faisait l'éloge du disparu, mort depuis quinze jours, qui avait, pendant la guerre, été expédié à Dachau : il avait fourni bien trop de certificats de complaisance aux jeunes, réquisitionnés par les nazis pour aller travailler en Allemagne.

Sans doute était-il revenu du camp de concentration avec le mal qui venait de l'emporter ? Il ne m'avait jamais parlé de cet épisode douloureux. Comment l'aurais-je deviné ?

Immédiatement, je revis le signal lumineux qui m'était apparu la nuit précédente...

J'avais un jour demandé à P. la signification de ce mot que je croyais latin. Il m'avait répondu : « C'est le nom d'un oiseau qui lutte contre la tempête » (j'ai vérifié plus tard dans le dictionnaire, c'est exact). Alors, qu'avait-il voulu me faire savoir ? Que j'allais apprendre sa mort de la bouche de Lucien et qu'il était préférable que je ne me trouble pas ? Ou bien, que j'allais avoir à lutter, moi aussi, contre des tempêtes ?

Que de fois j'y ai repensé ! Je n'ai bien sûr jamais révélé ce secret à Lucien (il m'aurait traité de folle !). Je l'ai confié à mes meilleurs amis, qui ne savaient trop quoi en dire. Il fallait tout de même bien que P. éprouve un sentiment durable pour moi pour qu'il se donne la peine de me prévenir une fois dans l'au-delà ? ! Ou bien avait-il des remords de m'avoir laissée épouser Lucien, alors qu'il eût pu si facilement m'en empêcher ? Il est intervenu plusieurs autres fois dans mes rêves, m'annonçant des événements qui devaient se produire – et se sont effectivement produits ! – dont un qu'il data très exactement ! Comprenne qui pourra, mais moi je suis bien obligée d'y croire : la vie continue de l'autre côté du miroir...

Aucun doute maintenant qu'il se savait bien malade et que cela explique sa conduite édifiante vis-à-vis de la jeune femme que j'étais alors... Mais il aurait pu m'expliquer ? Il est vrai que je lui aurais répondu que je me fichais pas mal de ma santé, je la compromettais à plaisir !

C'était quand même un drôle de toubib : il m'avait raconté comment il avait passé son doctorat, sans avoir appris tout le programme. Il avait misé sur les maladies nerveuses, comptant sur la chance, et la chance lui avait souri! (Mais était-ce vrai? je n'ai pas vérifié!)

Quand il fut mort, j'allai une fois sur sa tombe: il y avait déjà trois personnes: des femmes, naturellement! Il avait dû être beaucoup aimé...

J'avais fini par quitter L.F. excédée par l'irrésolution de Lucien... mais il était revenu me voir: nous avions fait un enfant et nous nous mariâmes, entre deux témoins: ma vieille tante Julie et ma collègue... J'entendis, le lendemain, une de mes élèves dire aux autres, pendant la récréation: «Tu parles d'un mariage!» Elle avait été bien déçue de ne pas avoir pu admirer une belle mariée en robe blanche!

La prédiction de la voyante de Cécile s'était réalisée: «Vous épouserez un convalescent que vous rencontrerez au bord de la mer, oh! mais pas tout de suite!»

Il y avait dix ans de cela...

On ne peut rien contre la destinée.

du même auteur

1976, Poèmes choisis, Plein Chant (poèmes)

1977 et 1984, Mes chats, L'Arbre (poèmes)

1979, Les Bons ménages, Thélème (poèmes)

1985, Table rase, Le Dé bleu (poèmes)

1988, L'Ombre tourne, Le Dé bleu (poèmes)

1992, Micro-climat, Écho optique (poèmes)

1992, Bonsaï, Traces (poèmes)

1993, Ciel de traîne, Soc et Foc (poèmes)

1994, L'Enfance inépuisable, Traces (poèmes)

1995, Solo pour un petit prince, en Forêt (poèmes)

1995, La Dormeuse de Choix (nouvelles)

1996, L'Art de rater (récit)

1997, Le Cœur s'obstine, Écho optique (poèmes)

1998, Mon chat son chien et le cochon du voisin, le Dé bleu (poèmes)

1999, Mes mots vous regardent, Soc et Foc (poèmes)

2000, Inventaire, Le chat qui tousse (poèmes)

sur internet
(http : //www.atréide.net/rendez-vous/francs.htm) et autres.

Dans la même collection

Geneviève Proust-Bouffard
Paroles de père
LA GESTE

LA GESTE

www.gesteditions.com

Par ce logo, nous témoignons d'une volonté de réduire les impacts environnementaux liés aux activités de l'imprimerie. Nous choisissons un imprimeur impliqué dans la réduction des gaz à effet de serre. Le choix de nos papiers assure que la production a été faite à partir d'un produit à base de bois et a suivi le cahier des charges d'une gestion durable des forêts européennes. Achevé d'imprimer chez Roto en Union européenne en juin 2020.

Mise en page : Delphine Panel

Dépôt légal : premier semestre 2020

11, rue Norman-Borlaug
79260 La Crèche
05 49 05 37 22
contact@gesteditions.com